Tercer curso en Santa Clara

Enid Blyton®

Tercer curso en Santa Clara

Traducción de Mireia Rué

Ilustraciones de Enrique Lorenzo y Alins Ilustración

MOLINO

Papel certificado por el Forest Stewardship Council®

FSC
www.fsc.org
MIXTO
Papel | Apoyando la silvicultura responsable
FSC® C117695

Penguin Random House Grupo Editorial

Título original: *The Third Form at St. Clare's*

Primera edición con esta encuadernación: enero de 2025

Printed in Spain – Impreso en España

ISBN: 978-84-272-5064-2
Depósito legal: B-674-2025

Compuesto en Pleca Digital
Impreso en Liber Digital, S. L.
Casarrubuelos (Madrid)

MO50642

CAPÍTULO I

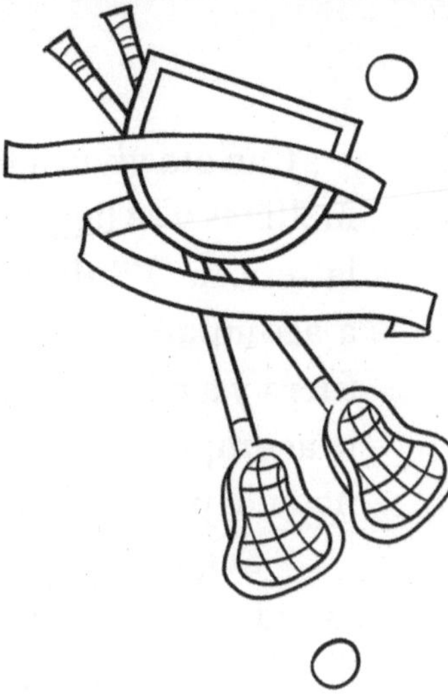

De vuelta a la escuela

—¡ENSEGUIDA LLEGAREMOS AL SANTA CLARA! —EXCLAMÓ Isabel O'Sullivan mirando por la ventanilla del coche.

—Sí. Hace apenas unas semanas que nos marchamos, pero ¡a mí me han parecido meses! —suspiró Pat, su hermana gemela.

—Cualquiera diría que para vosotras es un suplicio volver a casa por vacaciones —se lamentó su madre desde detrás del volante.

—¿Qué dices, mamá? ¡Nos gusta mucho volver a casa! —repuso Pat—. Es solo que...

Y entonces descubrió la mirada burlona de su madre reflejada en el retrovisor y se echó a reír.

—Me pregunto quién será la delegada de clase este trimestre —comentó Isabel.

—Quizá sea una de vosotras dos —sugirió su mejor amiga, Carlota Brown.

Carlota vivía a unos kilómetros de la casa de las dos mellizas y se llevó una enorme alegría cuando supo que la señora O'Sullivan había llamado y se había ofrecido a acompañarla de vuelta a la escuela. Su padre estaba fuera y a ella no le apetecía nada tener que hacer el viaje acompañada de su abuela, una mujer estricta a la que nada le parecía bien.

—Seguro que yo no —prosiguió soltando una risita—: La señorita Theobald piensa que aún soy demasiado irresponsable y atolondrada.

—Tal vez te elija precisamente por eso —sugirió la señora O'Sullivan—. Quizá te venga bien asumir responsabilidades. Puede que te ayude a sosegarte un poco.

Carlota no parecía muy convencida. ¡La verdad es que no quería sosegarse!

—¡Espero que no seamos ninguna de las dos, Pat! —confesó Isabel—. Si te eligieran delegada a ti, me moriría de envidia, y me sabría fatal que la elegida fuera yo y tú te quedaras fuera.

Pat se echó a reír y confesó:

—Sí, a mí me pasa lo mismo.

—La verdad, no me sorprendería nada que volviera a ser Hilary —declaró Carlota—. Tiene mucha experiencia y siempre lo ha hecho de maravilla.

—Entonces tal vez ya vaya siendo hora de que le den la oportunidad a otra persona —opinó la madre de las gemelas—. Hilary ya ha demostrado que sabe llevar la voz cantante y asumir responsabilidades.

—Mmm... Pues ¿quizá Janet? —aventuró Isabel—. ¡Bobby seguro que no! ¡Si hubiera que elegir a alguien alocado e irresponsable, las únicas candidatas posibles seríais ella y tú, Carlota!

Carlota sonrió de oreja a oreja y luego, de repente, abrió mucho los ojos y ahogó un grito.

—¡Eh...! ¡Mirad eso! Señora O'Sullivan, ¿le importaría parar un momento, por favor?

Mientras la madre de las mellizas acercaba el coche al arcén, Pat e Isabel volvieron la cabeza, impacientes por descubrir la razón del entusiasmo de Carlota.

—¡Vaya! ¡Alguien ha comprado Los Robles! —exclamó Pat—. Y lo han convertido en unos establos. ¡Genial!

Los Robles era una hermosa casa situada a poca distancia del colegio Santa Clara y rodeada de varios acres de campos verdes. Había estado vacía y abandonada durante mucho tiempo, pero ahora la puerta estaba recién pintada y las ventanas resplandecían. Sin embargo, lo que más despertó el interés de las chicas fueron los obstáculos que había repartidos por el campo de al lado, donde una chica galopaba a lomos de un caballo blanco.

—¿Podemos pararnos un momento a echar un vistazo, mamá? —preguntó Isabel con impaciencia.

—Sí, tenemos tiempo de sobra —respondió la señora O'Sullivan—. Yo os esperaré en el coche, leyendo el periódico.

Las gemelas y Carlota enseguida se bajaron del

vehículo y corrieron hacia la valla que rodeaba el campo. La muchacha que montaba el caballo las vio y trotó hacia ellas, con su gorra de montar y su larga cabellera.

—¡Hola! —las saludó ofreciéndoles una amable sonrisa—. ¿Queréis acercaros a ver a Copo de nieve?

—Si no te importa... —respondió Carlota embelesada por la estampa del caballo—. Vaya, ¡menudo bellezón!

Este comentario Carlota se lo dedicó a Copo de nieve, mientras acariciaba el pelaje níveo que le recubría el cuello.

—¿No seréis alumnas del Santa Clara, por casualidad? —les preguntó mientras desmontaba del caballo.

—Pues sí —respondió Carlota—. Y te aseguro que más de una se dejará caer por aquí a menudo, entre ellas yo.

La muchacha se echó a reír.

—¡Me parece que nos veremos con más frecuencia de la que crees! Mañana, mi prima y yo nos incorporamos en tercero, en el régimen diurno. La señorita Theobald ha aceptado que estudiemos en la escuela pagando una cuota reducida. A cambio, mis padres les harán un precio especial a las alumnas del Santa Clara que quieran venir a montar aquí. Oh, por cierto, me llamo Libby Francis.

Las dos gemelas y Carlota estaban encantadas con el giro que habían dado los acontecimientos y se apresuraron a presentarse.

—Nosotras también estamos en tercero —la informó Pat enseguida.

—¡Qué suerte! —exclamó Libby—. Aunque me temo que no pasaremos mucho tiempo con vosotras. Fern (mi prima) solo se alojará en casa los meses que sus padres estén en el extranjero y, en otoño, yo haré un intercambio con una chica norteamericana.

De repente, todas fijaron la mirada al otro extremo del campo: un chico y una chica se acercaban a la valla.

—¡Fern! —gritó Libby—. ¡Ven, deprisa!

La chica abrió la puerta de la cerca y se dispuso a cruzar el campo, y el chico se paró en seco y, después de darse la vuelta, se encaminó hacia los establos.

—Ese es mi hermano Will —aclaró Libby—. Va a la escuela de Lowchester, a unos kilómetros de aquí. —Libby bajó la voz y prosiguió—: Fern lo tiene idealizado y se pasa todo el día pegada a él como una garrapata. Will no soporta a las niñas (salvo a mí, claro) y Fern le parece una tonta rematada.

—Pues no debió de alegrarse mucho cuando se enteró de que se quedaría aquí con vosotros —se rio Isabel.

—¡Decir eso es quedarse muy corta! —exclamó Libby—. Mira, todo empezó cuando éramos muy pequeñas: yo le arranqué la cabeza a la muñeca preferida de Fern y Will se la arregló. Desde entonces, ella lo ha tratado como una especie de héroe.

Fern también se parecía a una muñeca, pensó Isabel cuando la tuvo cerca. Era como una hermosa muñequita de porcelana, con la piel clara y rosada, los cabellos rubios y unos enormes ojos azules. A diferencia de su prima, que llevaba ropa de montar, Fern lucía un hermoso vestido de verano y se había puesto unos zapatos con tacones que la obligaban a avanzar a trompicones, balanceándose sobre ese terreno desigual. «¡Parece que vaya a una recepción al aire libre», pensó Pat.

—Fern, ven a conocer a Carlota, Pat e Isabel, del colegio Santa Clara —le dijo su prima—. Estaremos todas juntas en tercero.

Fern las saludó con su vocecilla aguda. Pat se fijó en que se mantenía a una distancia prudencial del caballo de Libby y, cada vez que el animal sacudía la cabeza, ella daba un respingo.

—¿Te gusta montar, Fern? —le preguntó.

—¡Oh, no! —exclamó estremeciéndose, mientras sacudía sus rizos dorados—. ¡Los caballos me dan mucho miedo! A mí me interesan otras cosas.

Libby le sonrió con cariño y comentó con picardía:

—Sí, Fern está muy interesada en su pelo, sus uñas, su ropa...

Fern se sonrojó y le dio a Libby un empujón. Las dos gemelas intercambiaron una sonrisa.

—Nuestra prima Alison también está en tercero —empezó a decir Isabel con perspicacia, haciéndole un guiño a Carlota— ¡y tiene exactamente los mismos intereses que tú! ¡Seguro que os llevaréis de maravilla!

—¡Oh, eso sería estupendo! —suspiró Fern, mientras abría aún más sus preciosos ojos azules—. ¡Poder tener una amiga a la que le gusten exactamente las mismas cosas que a mí!

—¡Tú y Alison podéis quedaros con vuestra moda y vuestros peinados! —dijo Libby sin rodeos—. ¡A mí dejadme con mis caballos! Y a vosotras, gemelas, ¿os gusta montar?

—Hemos tomado algunas lecciones de hípica —respondió Pat—, pero no lo hacemos tan bien como Carlota. Ella había montado en un circo, ¿sabéis?

Libby se quedó mirando a Carlota con interés y le pidió que les contara su vida en el circo. Incluso Fern abandonó sus modales sofisticados y se bajó de su nube de ensoñación para hacerle a Carlota un montón de preguntas.

Y entonces todas oyeron a la señora O'Sullivan, que las llamaba.

—Tenemos que ir a la escuela —refunfuñó Carlota con una mueca, reacia a marcharse.

—Nosotras no empezamos hasta mañana por la mañana —repuso Libby—. ¡Debe de ser tan divertido andar siempre juntas!

—Sí, nos lo pasamos bastante bien —se rio Pat—. ¡Y cada trimestre tratamos de organizar una fiesta de medianoche!

—¡Una fiesta de medianoche! Suena fantástico —suspiró Libby con aire melancólico—. Pero Fern y yo tendremos que volver a casa a dormir y no podremos disfrutar de esas cosas.

Carlota sonrió con malicia.

—Yo no estaría tan segura. En el Santa Clara ¡todo es posible!

CAPÍTULO 2

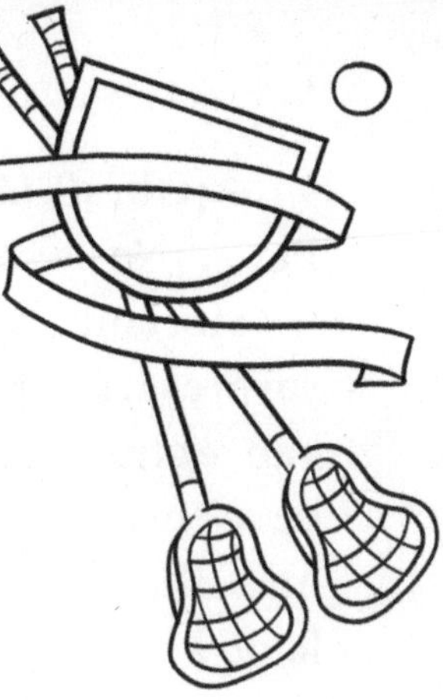

Otra alumna nueva...

Las tres amigas aprovecharon el corto trayecto que separaba los establos del Santa Clara para charlar sobre las dos alumnas del régimen diurno, entusiasmadas de haber sido las primeras en conocerlas.

—¡Menuda noticia les daremos a las demás! —exclamó Pat.

—Sí, ¡y menudo trimestre nos espera! —suspiró Carlota muy contenta—. No sé si me quedará tiempo para hacer los deberes. ¡Estaré demasiado ocupada montando a caballo!

Las gemelas se echaron a reír e Isabel observó pensativa:

—Libby parece muy guay. Fern, en cambio, no me ha caído tan bien.

—Ni a mí —coincidió Carlota con una mueca—. Pero ¡seguro que podremos encasquetársela a Alison!

—¡Oh, sí! ¡A Alison le parecerá maravillosa! —se rio Pat—. ¡No se separará de ella en todo el trimestre!

Sin embargo, en el Santa Clara les esperaba otra sorpresa. Después de despedirse de la señorita O'Sullivan, entraron en el enorme vestíbulo del colegio, donde se encontraron a la prima de las mellizas de bracito de otra alumna nueva morena y muy seria que parecía la otra cara de la moneda de Fern.

—¡Gemelas! ¡Carlota! —les gritó Alison tirando de su nueva amiga—. ¿Qué tal las vacaciones? Venid a conocer a nuestra nueva compañera, Rachel Denman.

Las tres niñas se presentaron y Rachel inclinó la cabeza con delicadeza. Todas comprendieron de dónde venían sus ademanes altivos cuando Alison les susurró:

—Rachel es la hija de sir Robert y lady Helen Denman, los famosos actores. ¿Qué me decís a eso?

—¡Vaya! —exclamó Pat muy impresionada, a pesar de que Rachel no le había caído nada bien—. Estas vacaciones Isabel y yo fuimos al cine a ver una de sus películas y los dos estaban geniales. Debe de ser fantástico tener tanto talento. ¿Piensas seguir sus pasos?

—Pues claro. Tengo intención de ser actriz —respondió la niña algo brusca, sorprendida de que Pat le hubiera hecho una pregunta tan idiota—. Hasta ahora he ido a una escuela de arte dramático en Londres.

Tenía una voz muy hermosa, grave, pero transparente como el agua. «Seguro que ha aprendido a modularla en clases de declamación», pensó Isabel.

—¿Por qué decidiste dejar la escuela y venirte al Santa Clara? —le preguntó.

—Mis padres están convencidos de que hay que tener experiencias reales para poder dar vida a los personajes y dotarlos de emociones auténticas —aclaró con aire altivo—. Así que este año seré una simple colegiala, como todas vosotras.

Las gemelas y Carlota se la quedaron mirando fijamente: su condescendencia las había dejado de piedra. Alison, como si hubiera intuido que Rachel no les había causado muy buena impresión a sus compañeras, quiso evitar que le soltaran algún comentario mordaz y dijo:

—Será mejor que te acompañe al despacho de la gobernanta. Luego veremos en qué dormitorio te habrá instalado. ¡Espero que estemos juntas!

—Supongo que las «simples» mortales como nosotras también deberíamos ir a ver a la gobernanta —observó Carlota cuando Alison y Rachel se hubieron ido.

Sin embargo, justo cuando se disponían a marcharse, oyeron que alguien las llamaba a gritos y, al volverse, vieron acercarse a Janet Robbins y Bobby Ellis.

—¡Hola, chicas! Ya veo que habéis conocido a la actriz. ¿Qué os ha parecido? —les preguntó Janet con una sonrisa.

—Es un detalle de su parte que se haya dignado descender de las alturas para relacionarse con pobre gente como nosotras —dijo la pecosa de Bobby, con una mirada de desdén—. Os aseguro que si gasta estos aires de grandeza conmigo, ¡se va a enterar de lo que son las emociones reales!

Las demás se echaron a reír. Rachel era el tipo de persona capaz de sacar a relucir la peor parte de la sincera de Bobby, incapaz de sufrir a la gente con humos, como ella decía.

—Esperemos que vuestra prima se le pegue como una lapa —suspiró Janet con ironía.

Pat se rio.

—Janet, no te extrañes de que mañana Alison cambie sus preferencias. Empezarán dos alumnas nuevas... ¡y una de ellas le va como anillo al dedo!

—¡Hola! ¿Quién? —Hilary Wentworth, una atractiva muchacha morena, apareció acompañada de Doris Elward—. ¿Quién le va como anillo al dedo a Alison? ¡Cuéntanoslo todo!

—¡Hilary! —exclamaron las demás—. Y ¡Doris!

—¿Acabáis de llegar?

—¡Cuánto me alegro de volver a veros!

En cuanto todas se hubieron saludado, Janet instó a Pat con impaciencia, dándole con el codo:

—¡Vamos! Háblanos de esas alumnas nuevas.

Así que Pat, ante la insistencia entusiasta de Isabel y Carlota, relató ante un público atento todo lo que había ocurrido con Libby y Fern, y le resultó muy gratificante la reacción que provocaron las noticias.

—¡Alumnas de régimen diurno! ¡Qué emocionante!

—¡Y tenemos unos establos a un tiro de piedra de la escuela! ¡Genial!

—Parece que nos espera un trimestre fabuloso —aventuró Hilary—. Y encima hace un tiempo fantástico, así que podremos nadar y jugar al tenis. Venga, vayamos enseguida a entregarle la documentación a la gobernanta. Si nos damos prisa, quizás aún tengamos tiempo de echarle un vistazo a la piscina antes de la hora del té. Ya sé que no podremos darnos un chapuzón, pero ¡con solo ver el agua clara y transparente lamiendo los bordes ya me siento como en verano!

Todas estuvieron de acuerdo, así que recogieron sus bolsas de viaje y corrieron al despacho de la gobernanta. Al final, sin embargo, no pudieron hacerle esa visita a la piscina: ese primer día estuvieron ajetreadas deshaciendo las maletas, localizando sus dormitorios y saludando a sus amigas, sus profesoras y, por supuesto, a la señorita Theobald, la sabia y amable directora del colegio. Luego sonó el timbre que anunciaba la hora del té y, antes de que se dieran cuenta, el día se había terminado y había llegado la hora de acostarse.

Alison se llevó una decepción cuando se enteró de que no estaba en el mismo dormitorio que Rachel. Y, para más inri, la habían instalado junto a la cama de Mirabel Unwin, que tenía fama de roncar mucho. No le gustó en absoluto enterarse de ese detalle, y enseguida salió en busca de la mejor amiga de Mirabel, la tranquila y menuda Gladys, que estaba en el dormitorio de Rachel.

—¡Gladys! —le susurró—. ¿Qué te parece si intercambiamos nuestras camas? Así podrías estar con Mirabel.

—¡Vaya, eres muy amable, Alison! —exclamó esta sin saber que su compañera le ofrecía ese cambio por otras razones—. Pero ¿no deberíamos pedirle antes permiso a la gobernanta?

—Sí, deberíais —aseguró Hilary, que había oído a las dos muchachas al acercarse acompañada de su amiga Janet—. ¿Qué ocurre, Gladys? ¿Quieres estar con Mirabel?

—Bueno, ha sido idea de Alison —respondió Gladys, ansiosa por hacer honor a la verdad.

—¿Ah, sí? —repuso Hilary muy seria—. ¿Por qué será?

Alison se sonrojó y se apresuró a decir:

—Solo pensaba en Gladys, en que se alegraría de poder estar con Mirabel.

—Claro... Y supongo que esto no tiene nada que ver con el hecho de que tu preciosa Rachel duerma en el otro dormitorio, ¿verdad? —intervino Janet con una sonrisa.

—Alison, si quieres intercambiar camas con Gladys, tendrás que consultarlo con la gobernanta mañana —resolvió Hilary con un aire tranquilo, pero al mismo tiempo autoritario—. Ya es hora de acostarse, así que te sugiero que vayas a prepararte... ¡deprisa!

—Así habla una auténtica delegada —dijo Janet con una sonrisa cuando Alison se marchó pesarosa a su dormitorio.

Hilary se echó a reír y precisó:

—Puede, pero yo no soy la delegada.

—Pero lo serás mañana —aseguró Janet—, en cuanto la señorita Adams lo anuncie.

—No lo creo —respondió Hilary pensativa—. El trimestre pasado oí a la señorita Jenks decir que ya iba siendo hora de darle la oportunidad a otra persona.

—¿Ah, sí? Entonces ¿no te importaría renunciar? —le preguntó Janet con curiosidad.

—En absoluto —aseguró Hilary—. Me ha gustado mucho ser delegada y soy consciente de que ha sido un gran honor, pero también supone una gran responsabilidad, así que estaré encantada de hacerme a un lado y dejar que este trimestre se encargue otra persona. —La niña hizo una pausa y miró atentamente a Janet—. ¿Tal vez tú?

—¡Jamás! —exclamó soltando una carcajada—. Me gustan demasiado las bromas y las jugarretas como para ser una buena delegada.

—Sí, pero también eres una líder nata y tienes un carácter fuerte —apuntó Hilary—. Bueno, mañana saldremos de dudas.

—Sí —repuso Janet sin dejar de dar vueltas a las palabras de Hilary.

Las chicas, cansadas del largo viaje hasta la escuela

y de las emociones del día, enseguida conciliaron el sueño. Todas salvo dos de ellas. Una era Rachel Denman, que estaba acostada en la oscuridad, abatida, consciente de que había empezado con mal pie con sus compañeras.

«Es todo tan diferente de lo que había vivido en la escuela de teatro —pensaba apenada—. A la única a la que parezco caerle bien es a Alison. Supongo que es culpa mía por ir con tantos humos, pero siempre acabo poniéndome a la defensiva... ¡No puedo evitarlo! ¡Si al menos supieran que he actuado así por culpa de mi dichoso orgullo! Pero no puedo decirles la verdad».

La otra alumna que seguía despierta era Janet, aunque por un motivo muy distinto. Desde la conversación que había mantenido con Hilary, ¡estaba entusiasmada! Nunca se le había ocurrido que podía llegar a ser delegada de clase, pero ahora que lo pensaba, ¿por qué no? Al fin y al cabo, Hilary, Doris y ella eran las que llevaban más tiempo en el Santa Clara. Bueno, Hilary había tenido su oportunidad y, en cuanto a Doris... —Janet sonrió para sí—, Doris saldría corriendo si le ofrecían el cargo a ella. Janet no tenía ni pizca de arrogancia, pero cuanto más vueltas le daba al tema, más claro veía que la mejor candidata para ser delegada era ella. Al cabo de un rato, se le cerraron los ojos, mientras flotaba en un mar de pensamientos agradables. «Mañana... —pensó medio dormida—. Mañana lo sabré».

CAPÍTULO 3

...Y una delegada

A LA MAÑANA SIGUIENTE, DESPUÉS DEL DESAYUNO, cuando las alumnas de tercero entraron en el aula riendo y charlando animadamente, Fern y Libby ya estaban allí, contemplando los jardines desde el otro lado de la enorme ventana. Las dos se volvieron al ver aparecer a sus compañeras y Pat exclamó:

—¡Vaya! ¡Qué aplicadas que sois!

—Es que el primer día queríamos causar una buena impresión —aclaró Libby con una sonrisa—. Fern lleva levantada desde la madrugada: se ha pasado horas peinándose y haciéndose las uñas.

Su prima se sonrojó y Alison contempló con aprobación a esa niña hermosa y delicada.

—¡Fern! —exclamó con su encantadora sonrisa, mientras daba un paso hacia delante—. ¡Qué nombre tan bonito!

Fern le sonrió a su vez, y enseguida se dio cuenta de que tenían muchas cosas en común.

—Tú debes de ser Alison —dijo—. Las gemelas me han hablado de ti.

Alison se quedó algo desconcertada y les lanzó una mirada de recelo a sus primas, que estaban ocupadas presentando a Libby a las demás. Ninguna de ellas había hablado mal de Fern, y era evidente que la muchacha se moría de ganas de hacer amigas. De hecho, ella y Alison no tardaron en enfrascarse en una animada conversación acerca de las últimas tendencias en moda.

—Dos cabezas de chorlito juntas —murmuró Carlota con una sonrisa—. A Rachel no le hará ninguna gracia. Por cierto, ¿dónde está?

—Se había dejado el plumier en el dormitorio y ha tenido que ir a buscarlo —repuso Bobby—. Mira, ahí llega.

Rachel, en efecto, no puso muy buena cara cuando vio a su amiga conversando animadamente con otra compañera al entrar en el aula. Alison le hizo señas para que se le acercara, con la esperanza de que Rachel accediera a formar un trío de amigas con Fern. Sin embargo, no tuvo tiempo de sacar nada en claro, porque Doris enseguida susurró plantada en la puerta:

—¡Chist! ¡Ya viene la señorita Adams!

Se hizo el silencio y todas se quedaron de pie, mientras una joven morena y bajita entraba en el aula. La señorita Adams, la profesora de tercero, no era muy atractiva y, al principio, les pareció una mujer un poco arisca. Sin embargo, cuando sonrió, su rostro se iluminó.

—Buenos días —les dijo con una amplia sonrisa—. Elegid vuestro sitio lo antes posible, por favor.

Hubo las clásicas peleas para hacerse con los escritorios de última fila y, como de costumbre, las únicas que se quedaron de pie a un lado, esperando a que las demás se agenciaran los mejores sitios, fueron las alumnas nuevas.

Alison eligió una mesa que estaba junto a la ventana, en una de las filas centrales, y Fern y Rachel serpentearon por el aula para conseguir la que aún quedaba libre a su lado. Llegaron las dos a la vez, y Fern descargó su cartera en la mesa justo cuando Rachel se dejaba caer en la silla.

—¡Yo he llegado primero! —exclamaron al unísono.

Doris le dio a Libby con el codo y le sonrió con picardía.

—¡He dejado la cartera en el escritorio antes de que te sentaras! —insistió Fern muy indignada.

—¡Pues yo he pillado la silla antes que tú, así que el sitio es mío! —soltó Rachel fulminando a su rival con la mirada.

—¡Hay que ver lo que supone ser popular! —murmuró Bobby, sentada justo detrás de Alison, que estaba roja como un tomate.

—¡Saca tus cosas de aquí! —ordenó Rachel con arrogancia.

—¡De eso nada! —exclamó Fern, muy enfadada, soltando chispas por los ojos—. ¡Vete tú!

—¡Disculpad! —dijo la señorita Adams, mirando fijamente a la pareja de niñas enfrentadas—. Creía que daba clases en tercero, en una escuela de niñas ya creciditas, ¡no en párvulos! Y, jovencita, ¡hay que ponerse de pie cuando te habla la maestra!

Rachel se sonrojó y se levantó, agarrando el respaldo de la silla con ansia, temerosa de que Fern se la arrebatara.

—¡Y tú! —prosiguió la señorita Adams ahora clavándole la mirada a Fern, que sonreía con aire triunfal—. ¿Llevas esmalte de uñas?

La niña tartamudeó temblorosa:

—Es... es un color muy discreto, señorita Adams.

—¡Haz el favor de quitártelo cuanto antes! —le ordenó la profesora muy seria—. Y no quiero volvértelo a ver en mi clase.

Fern, humillada y consciente de las risitas de todas sus compañeras de clase (a excepción de Alison, que habría querido que se la tragara la tierra), frunció sus hermosos labios. Incluso su propia prima se mofaba de la situación, observó la niña, fulminándola con la mirada, mientras Libby se agarraba a Doris, sin poder contener la risa.

—Bien, o estáis todas sentadas antes de diez segundos u ¡os echo de clase! —ladró la señorita Adams mientras miraba su reloj—. Diez... nueve... ocho...

—Vamos, ¡échate a un lado, Rachel! —soltó Alison con una impaciencia poco habitual en ella. ¡Adiós a su sueño del trío de amigas!—. Fern, ven a sentarte junto a la ventana y yo me pondré en medio.

—Pobre Alison —susurró Doris—. Es como el jamón de un bocadillo.

Libby se rio al oír el comentario, pero, al ver que la profesora la estaba mirando, disimuló con una tos fingida.

—Bien, si ya estáis todas listas, quizá podríamos empezar —dijo la señorita Adams con sarcasmo.

Enseguida se impuso el silencio y las alumnas de tercero se enderezaron en sus sillas, tratando de borrar las risas de sus caras mientras la señorita Adams continuaba.

—Estoy convencida de que todas estáis impacientes por saber quién será la delegada de clase. La señorita Theobald y yo consultamos a la señorita Jenks, que, como fue vuestra profesora el año pasado, os conoce mejor que yo. Hubo dos candidatas claras y, aunque la cosa estuvo muy reñida, después de muchas reflexiones, acabamos eligiendo a... ¡Carlota Brown!

Hubo un momento de silencio y, a continuación, la clase de tercero vibró con un estallido de hurras y felicitaciones.

—¡Bien hecho, Carlota!

—¡Sí! ¡Muy bien!

La muchacha miró alrededor, sin dar crédito, y, al cabo, musitó:

—¿Cómo?

—Carlota —le aclaró Hilary con paciencia—, eres la delegada de clase.

—¿Quién? ¿Yo? —repuso abriendo mucho los ojos—. No, debe de haber algún error.

Al verla tan desconcertada, la señorita Adams se rio y le aseguró:

—Carlota, no hay ningún error.

—¡Vaya! —exclamó entonces asombrada—. ¡La verdad es que no sé qué decir! Es un auténtico honor y os aseguro que haré todo lo que pueda para estar a la altura.

«Entonces la predicción de la señora O'Sullivan se

ha cumplido», pensó mientras las ideas se arremolinaban en su cabeza. ¡Era lo último que se esperaba!

Tal como había dicho la señorita Adams, la decisión no había sido fácil. Mademoiselle había entrado en la sala de profesores mientras la señorita Theobald y las dos maestras hablaban del asunto, y, al oír el nombre de Carlota, había protestado.

—¡Ah, no! ¡Esa Carlota, no! ¡Es demasiado alocada! ¡No hará más que meter puros en la clase de tercero!

—¿Puros? ¡Ah, quiere usted decir que las va a meter en apuros! —La señorita Theobald se echó a reír—. Y ¿qué me dice de Janet?

Los ojos negros de la profesora de francés se ensombrecieron y, después de negar con la cabeza, la mujer se sentó a la mesa con las demás.

—Le gustan demasiado las bromas —resolvió—. No creo que pueda ocupar el puesto de delegada.

—Ambas tienen sus defectos —reconoció la señorita Jenks pensativa—. Carlota tiende a ser imprudente y a tener mal genio, y Janet es algo deslenguada y no anda sobrada de tacto. Sin embargo, las dos son fuertes y resueltas, y tienen madera de líder.

—Estoy de acuerdo —dijo la señorita Theobald—. Y no veo defectos graves ni en una ni en la otra. Creo que asumir algunas responsabilidades les puede venir muy bien.

—Pero ¿cómo vamos a elegir entre ambas? —preguntó la señorita Adams.

—Yo propongo que este trimestre nombremos delegada a Carlota y que el próximo le demos la oportunidad a Janet —respondió la directora—. ¿Qué os parece?

—¡Es una idea excelente! —coincidió enseguida la señorita Jenks.

La señorita Adams asintió, también de acuerdo con la decisión.

—*Mais oui!* —exclamó Mademoiselle, dejándose llevar por una oleada de entusiasmo y olvidándose por completo de sus anteriores comentarios—. ¡Tiene usted razón, señorita Theobald! ¡Les va a venir muy bien a nuestras queridas niñas! Ah, serán unas líderes magníficas.

Tanto la señorita Theobald como las dos profesoras tuvieron que hacer un esfuerzo para no sonreír. ¡Qué bien conocían a Mademoiselle! Al cabo de nada se habría convencido de que todo había sido idea suya, pensó la señorita Jenks.

—Entonces estamos todas de acuerdo —resolvió la señorita Adams—. Carlota Brown será delegada este trimestre y Janet Robins, el próximo.

¡Por desgracia, las profesoras no informaron a Janet del plan!

Y Janet, consternada, se moría de envidia, un sentimiento nuevo y desagradable que no había conocido hasta entonces. Carlota, sin embargo, le caía muy bien y, a pesar de la decepción que se había llevado, estaba resuelta a alegrarse por su amiga y a prestarle su apoyo.

Así que Janet se tragó sus sentimientos, esbozó una sonrisa y exclamó:

—¡Qué bien, Carlota! ¡Serás una delegada fantástica!

—Gracias, eso espero —respondió la nueva delegada, todavía un poco abrumada.

—Estoy segura de ello —dijo la señorita Adams—. Y ahora tengo otra noticia que daros, una noticia que seguro que os encantará: la señorita Theobald querría que vuestra clase preparara una obra de teatro que sirviera para clausurar el trimestre y a cuya representación estarían invitados todos los padres.

Las niñas intercambiaron miradas, sin dar crédito. ¡Era una noticia fantástica! Gladys levantó la mano.

—¿Qué tipo de obra, señorita Adams? —preguntó.

—Eso lo dejamos en vuestras manos —respondió la profesora—. Será todo cosa vuestra: desde el guion hasta los decorados, pasando por el vestuario. Por supuesto, las profesoras de la escuela, incluida yo misma, estaremos encantadas de echaros una mano o aconsejaros en todo lo que necesitéis, pero seréis vosotras las que tomaréis las decisiones.

Y, a juzgar por el alboroto que se armó en la clase, ¡no iban a faltarles ni las ideas ni el entusiasmo!

La señorita Adams dio un golpe sobre el escritorio y dijo en voz bien alta:

—Bueno, estoy encantada de que la idea os haya gustado tanto, pero será mejor que esperéis a la hora del recreo para hablar del asunto. Hasta entonces, me temo que tendremos que ocuparnos de algo mucho más mundano: elaborar los horarios.

Las alumnas hicieron todo lo posible por concentrarse, pero ¡qué larga se les hizo la mañana! Cuando por fin llegó la hora del recreo, eligieron un rincón apartado en el que poder hablar de la emocionante noticia.

—Ahora no tenemos tiempo suficiente para celebrar una reunión como es debido —dijo Hilary—. Os propongo que nos encontremos después de la hora del té...

Su voz se apagó cuando Isabel le dio con el codo sin apartar la mirada de Carlota.

—Ay, lo siento, Carlota —se disculpó sonrojándose—. Perdona, es la costumbre. Ahora eres tú quien lleva el mando.

—No es preciso que te disculpes —se rio Carlota—. ¡Yo aún no me he hecho a la idea de ser la delegada! Bueno, como dice Hilary, lo mejor será que celebremos una reunión en la sala comunitaria, después de tomar el té...

—¡Un momento! —la interrumpió Libby—. Fern y yo nos vamos a casa a la hora del té y no queremos perdernos nada.

—¡Oh, sí! ¡Se me había olvidado! —exclamó Carlota—. ¿Crees que tus padres os dejarán regresar a la escuela para que podáis asistir a la reunión? Aún no habrá anochecido cuando terminemos y el paseo no es muy largo.

—Supongo que sí —respondió Libby—. Se lo preguntaré en cuanto regresemos a casa.

—¡Genial! Entonces nos reunimos en cuanto hayamos tomado el té —resolvió Carlota, sonriéndolas a todas—. Ya podéis empezar a pensar: ¡espero que vengáis con un montón de ideas!

CAPÍTULO 4

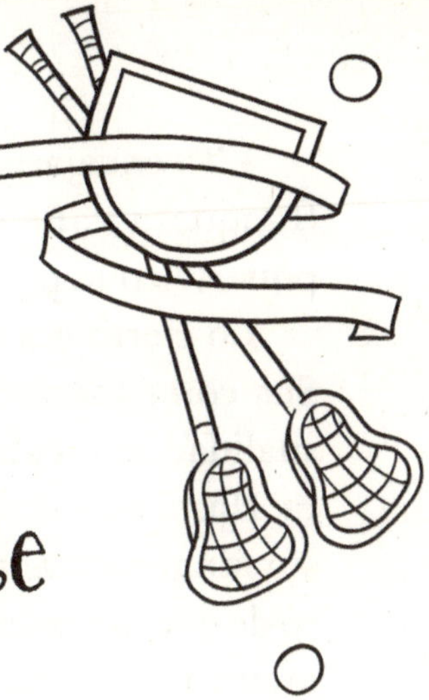

Una reunión muy importante

CARLOTA APOYÓ EL TRASERO EN LA MESA DE LA SALA comunitaria y contempló a sus compañeras de tercero, que estaban ansiosas por empezar la reunión.

—¡Me encanta esta idea de la obra! —dijo Isabel con los ojos brillantes.

—A mí también —coincidió Hilary—. Tendremos que trabajar mucho y esforzarnos al máximo para que todo salga perfecto, sobre todo sabiendo que van a venir nuestros padres. ¡Todas queremos que se sientan orgullosos de nosotras!

—Gladys, supongo que te presentarás a las pruebas para interpretar alguno de los papeles principales, ¿no? —preguntó Bobby.

—No lo sé —repuso Gladys con su habitual modestia—. Todo depende del tipo de obra que decidamos representar y de si encajo en el personaje.

—Tú encajarías en cualquier papel —aseguró Pat con franqueza—. Es increíble la capacidad que tienes para ponerte en la piel de los personajes, sean como sean.

Lo cierto era que Gladys era una muy buena actriz. Sus compañeras habían descubierto su talento por casualidad, a mitad de su primer trimestre en el Santa Clara. Hasta entonces había sido una niña tímida y tristona sin ninguna amiga. Un día, sin embargo, Mirabel se enteró de que la madre de Gladys estaba en el hospital, gravemente enferma, y, al comprender el motivo de la tristeza de su compañera, decidió tomarla bajo su protección.

La amistad de Mirabel supuso un gran cambio en la vida de Gladys y la ayudó a salir de su caparazón. Fue Mirabel quien descubrió el talento que tenía como actriz y quien la convenció para que actuara para las demás; fue Mirabel quien la apoyó cuando su madre tuvo que someterse a una operación muy seria y también quien celebró con ella su recuperación. Y fue Mirabel quien le dijo entonces con lealtad:

—Pat tiene toda la razón. Eres la mejor actriz que ha habido nunca en el Santa Clara.

Rachel había estado escuchando la conversación de sus compañeras con una expresión extraña y Alison, al ver que las demás no habían hecho ningún comentario acerca del talento de su amiga, temió que Rachel se hubiera ofendido y se apresuró a decirle para tranquilizarla:

—Gladys es muy buena actriz, pero estoy convencida de que podrías darle algunos consejos. Seguro que con tu formación podrás conseguir uno de los papeles principales.

Bobby y Janet estaban sentadas allí cerca y no pudieron evitar sonreír al oír el tono efusivo que había empleado Alison.

—Siento decepcionarte, Alison —repuso Rachel soltando una risita—, pero no tengo ningún interés en interpretar ni el papel principal... ni ningún otro, ya que estamos.

Al oír eso, Bobby ya no pudo contenerse y, volviéndose hacia la niña, le soltó con desdén:

—¡Claro, porque supongo que la obra de una simple escuela no está a tu altura! Mira, puede que no sea una de las grandes producciones a las que estás acostumbrada, pero significa mucho para nosotras.

—¡Eso es! —exclamó otra de las chicas fulminando a Rachel con la mirada.

—Francamente —prosiguió Bobby—, creo que nos las apañaremos de maravilla sin ti.

Rachel, que no se esperaba el tono despectivo de Bobby ni las miradas hostiles de las demás, se sonrojó, consternada. ¡No pensaba que la obra no estuviera a su altura! ¡No había querido decir eso! Pero ¿de qué iba a servirle tratar de defenderse? Cada vez que abría la boca en esa escuela, sus palabras se malinterpretaban. Y, al parecer, las alumnas de tercero estaban resueltas a pensar siempre lo peor de ella.

Por suerte, la voz de Mirabel atrajo la atención de las demás.

—¿Podemos empezar ya? —gritó con impaciencia—. Gladys y yo queríamos jugar un rato al tenis antes de la hora de estudio.

—Libby y Fern aún no han llegado —apuntó Carlota—. Démosles un par de minutos más y, si no están aquí entonces, empezamos sin ellas.

Por fortuna, cuando la paciencia de Mirabel ya estaba llegando al límite, las dos alumnas de régimen diurno entraron en la sala.

—Sentimos llegar tarde —se disculpó Libby—. ¿Qué ha pasado? ¿Nos hemos perdido algo?

—Aún no hemos comenzado —la tranquilizó Carlota dando una palmada para pedir silencio—. Bueno, chicas, ya podemos empezar. Bien, ¿alguien ha pensado qué tipo de obra podríamos preparar?

Todas tenían alguna idea y una decena de voces gritaron a coro:

—¡Un drama histórico!

—¡No! ¡Una comedia!

—Mejor aún, ¡una comedia musical! —sugirió Bobby—. ¡Eso sería genial!

—Sí, pero ¿no os parece un proyecto un poco ambicioso? —preguntó Isabel—. Si tenemos que hacerlo todo nosotras, además del guion, habrá que escribir la letra de las canciones y la música, y ninguna tenemos ese tipo de talento.

—Estoy de acuerdo —coincidió Carlota—. Así que solo nos queda la opción de la comedia o el drama.

—¡A mí me encantaría hacer una obra dramática de época! —dijo Fern dirigiéndose a Alison ante una Rachel visiblemente molesta—. En mi anterior escuela representé el papel de princesa y llevaba un vestido precioso. De satén blanco, con lazos y...

—Ser actriz es algo más que disfrazarse, ¿sabes? —la interrumpió Rachel con aspereza.

—Estaba hablando con Alison —puntualizó Fern fulminándola con la mirada antes de darle la espalda.

—Pues a mí me parece de muy mala educación que te dediques a hablar mientras Carlota trata de seguir con la reunión —le soltó Hilary—. Por el amor de Dios, ¡cállate y deja que sigamos!

Fern, roja como un tomate, obedeció y Carlota prosiguió:

—Sea cual sea el tipo de obra que decidamos representar, vamos a necesitar un buen guion. ¿Alguna de vosotras se ve capaz de escribir uno?

—A mí no me importaría probar con una comedia —respondió Doris, una chica con mucho sentido del humor y unas dotes de imitación que hacían reír a todo el mundo.

—Pues yo preferiría probar con un drama —decidió Hilary, que era excelente en inglés.

Al ver que otras niñas se mostraban interesadas, Carlota dijo con una sonrisa:

—Tenía miedo de que ninguna quisiera encargarse de esta tarea, pero ¡parece que somos una clase de dramaturgos incipientes! Creo que lo más justo será que todas las que se animen dejen su guion terminado en mi mesa, pero sin firmarlo, para que luego no se me acuse de favoritismos. Después le pediré a la señorita Adams que los lea conmigo y entre las dos seleccionaremos el mejor.

—Tendremos que espabilar un poco —advirtió Doris—. Hasta que no tengamos el guion no podremos repartir los papeles, pintar los decorados o coser los trajes.

—Entonces será mejor que pongamos una fecha límite —resolvió Carlota muy decidida—. Los guiones tendrán que estar en mi mesa (o en la de la señorita Adams) dentro de exactamente tres semanas, a las cinco de la tarde.

—¡Tres semanas! —exclamó Hilary—. Teniendo en cuenta que es la primera vez que tratamos de escribir el guion de una obra, me parece un poco justo.

—Lo sé, pero, tal como ha dicho Doris, hay que darse un poco de prisa —argumentó Carlota—. Si esperamos demasiado, no nos quedará tiempo para ensayar lo suficiente, y ¡eso no podemos permitírnoslo! Estoy segura de que todas queremos que la obra sea un éxito.

Las demás asintieron a coro.

—Hay algo que sí podemos hacer antes de tener el guion listo —observó Bobby—: elegir a la directora.

Tendría que ser alguien capaz de llevar la voz cantante y mantener el orden.

—¡Carlota! —exclamó Doris—. Al fin y al cabo, es la delegada y seguramente tendrá más práctica que las demás a la hora de darnos órdenes.

—¡Gracias, Doris! —se rio Carlota—. De todos modos, ¡el hecho de que sea la delegada no tiene por qué convertirme en la directora! Quizás haya alguien más interesado.

—Yo creo que Janet podría ser una directora excelente —opinó Bobby—. ¿Tú qué dices, Janet?

En ese momento, Janet se dio cuenta de que encargarse de dirigir la obra era un reto que la motivaba y que podría compensar la decepción que se había llevado al no salir elegida delegada.

—No me importaría intentarlo —confesó—. Siempre y cuando la mayoría esté de acuerdo.

—Bueno, solo hay un modo de saberlo —dijo Pat—: votar. ¿Alguien tiene una hoja de papel?

—Yo tengo una libreta aquí —respondió Alison arrancando algunas hojas para repartirlas entre las demás.

—¡Un momento! —saltó Hilary—. Las tres alumnas nuevas aún no han tenido tiempo de conocer ni a Janet ni a Carlota, y no deberían votar.

—Y Janet y yo, tampoco —observó Carlota—. Así que solo quedáis el resto. ¡Y sois un número impar! ¡Una suerte!

Hilary recogió los votos y los contó. El proceso no le llevó demasiado tiempo. Luego se aclaró la garganta y anunció:

—Bueno, ¡la cosa no podría haber sido más reñida! ¡Ha ganado Carlota por un voto!

Todo el mundo la aclamó, incluso las que no la habían votado, y Janet fue la primera en estrecharle la mano.

—¡Ha ganado la mejor! —le dijo—. ¡Bien hecho de nuevo!

En el fondo, no obstante, no pudo evitar sentirse decepcionada y también un poco resentida. ¡Era la segunda vez que Carlota la derrotaba ese día!

La recién elegida directora, ajena a los sentimientos de su amiga, repuso muy sincera:

—No sé si soy la mejor, pero ¡está claro que hoy es mi día de suerte!

¡Y el día aún no había llegado a su fin! Cuando la reunión hubo terminado, Libby se le acercó y le dijo:

—Carlota, le he preguntado a mamá si este sábado podía invitarte a tomar el té en casa. Si vienes un poco antes, podríamos dar un paseo a caballo. ¡Dime que aceptas!

—¡Por supuesto! —exclamó la delegada. Sus ojos negros brillaban de la emoción—. Tendré que pedirle permiso a la señorita Adams, pero no creo que vaya a negármelo. ¡Gracias, Libby! ¡Será muy divertido!

—¡Eso seguro! —coincidió la niña con una sonrisa—.

La verdad es que estoy buscando a una amiga que sepa apreciar las cosas importantes de la vida; es decir, ¡los caballos! Quiero mucho a Fern, pero no tenemos demasiado en común y sus conversaciones me aburren mortalmente.

Carlota sintió que la recorría una oleada de felicidad. A pesar de que era muy popular en la clase, nunca había tenido a una amiga especialmente cercana. Hasta entonces eso no le había importado y, aunque nunca se había sentido sola en el Santa Clara, le resultaba muy reconfortante la idea de tener a alguien en quien confiar.

Alison, en cambio, no estaba tan contenta con sus dos nuevas amistades: Rachel y Fern no se soportaban la una a la otra y a ella no le gustaba estar en medio de ese tira y afloja. Así que decidió tener unas palabras con Fern antes de que las alumnas en régimen diurno se fueran a casa.

—Me gustaría que tú y Rachel tratarais de haceros amigas —le suplicó—. Las dos me caéis muy bien y que os llevéis tan mal complica mucho las cosas.

—La verdad, Alison, no veo qué le ves a Rachel —confesó Fern—, pero si es tan importante para ti, haré un esfuerzo para ser amable con ella.

Y entonces Fern le ofreció la más dulce de sus sonrisas y Alison le respondió con una de las suyas, encantada.

Hilary pasó por allí justo a tiempo de presenciar la

escena y, más tarde, le confesó a Pat que tanto empalago y tanta dulzura la habían puesto mala.

Alison, sin embargo, estaba satisfecha y decidió hablar con Rachel más tarde. Tal vez después de todo tendría su trío de amigas.

CAPÍTULO 5

Las nuevas se van adaptando

La primera semana pasó y, poco a poco, las tres alumnas nuevas fueron aclimatándose al Santa Clara cada una a su modo. A Rachel le iban muy bien todas las asignaturas, sobre todo inglés, pero a veces en clase parecía caer en un estado de ensoñación, una ensoñación no muy agradable, a juzgar por su expresión sombría. Su falta de concentración ponía a prueba la paciencia de todas las profesoras. Mademoiselle ya no sabía qué hacer con ella; la mujer oscilaba entre la satisfacción y la exasperación: le satisfacía su dominio de la gramática francesa y la corrección excepcional de sus deberes, pero la exasperaba el acento espantoso que tenía. Y sus compañeras estaban desconcertadas. Doris, que sabía imitar la voz de Mademoiselle a la perfección, dijo:

—«Habría jurado que una actriz sabría imitar cualquier acento».

—Quizá no sea tan buena actriz como quiere hacernos creer —había sugerido Fern con cierta malicia.

Fern, por su parte, fiel a la promesa que le había hecho a Alison, había tratado de ser más agradable con Rachel esos últimos días, pero como en ese momento su amiga no estaba presente, se sintió libre de meterse un poco con su rival.

La belleza y los modales encantadores de Fern enseguida la convirtieron en una de las preferidas de Mademoiselle, a pesar de su pobre francés. En realidad, Fern no destacaba en ninguna de las asignaturas. Los comentarios sarcásticos de la señorita Adams eran demasiado para su inteligencia y no surtían en ella ningún efecto. Y le ocurría como a Alison: el deporte no le gustaba y aborrecía las actividades que la hacían sudar o le estropeaban el peinado.

A su prima Libby, en cambio, le entusiasmaba nadar y tenía un estilo elegante y muy natural jugando al tenis. Un día, Jennifer Mills, la nueva capitana de deportes, requirió su presencia después de verla entrenar.

—¡Muy bien! —la felicitó—. Sigue así y es muy probable que acabes jugando más de un partido este trimestre.

Al oír las palabras que le había dedicado Jennifer, Libby no pudo evitar sonrojarse, llena de orgullo.

—Gracias, Jenny —le dijo con franqueza—, pero me temo que dedico todo mi tiempo libre a los caballos y no puedo jugar al tenis tan a menudo como desearía.

Mi sueño es dedicarme profesionalmente al salto ecuestre y, para ello, debo dedicar todo el tiempo de que disponga a la equitación.

A Jennifer le encantaban los caballos y comprendió muy bien los motivos de Libby.

—Es una lástima —suspiró la capitana—, porque eres muy buena. En fin, si algún día cambias de opinión y decides dedicarte al tenis en lugar de a la equitación, ¡házmelo saber!

Las compañeras de clase de Libby no tardaron en darse cuenta también de su actitud. Era una muchacha brillante y habría podido sacar buenas notas en casi todas las asignaturas... ¡si se hubiera dignado esforzarse un poco! Como dijo Janet: «A Libby lo único que le interesa de verdad son sus caballos y no estoy segura de si eso es algo bueno o malo. A pesar de todo, hay que reconocer que es siempre muy amable y divertida».

Todas estaban de acuerdo en que Libby tenía mucha chispa y pronto se convirtió en la preferida de la clase.

Un mediodía, las alumnas de tercero eligieron un rincón de los jardines del Santa Clara y se sentaron allí a disfrutar del hermoso día que hacía.

—Mmm... Podría quedarme aquí todo el día —suspiró Hilary con satisfacción, mientras se echaba sobre la hierba—. Con este calor no me apetece hacer nada.

—Sí, es muy agradable estar al aire libre —coincidió Bobby—. No puedo soportar estar enjaulada cuando luce el sol. Con el calor empiezo a aburrirme mortalmente y me pongo muy nerviosa... Sobre todo en clase de mates y cuando hacemos el *dictée* en francés.

Doris se echó a reír. Sabía que cuando Bobby se ponía nerviosa, la clase no tardaba en vivir algún momento de diversión.

—¿Significa eso que estás pensando en gastar alguna broma? —le preguntó esperanzada.

—¡Doris! ¡Nada más lejos de mi intención! —protestó Bobby abriendo los ojos de par en par, con aire inocente—. Claro que, ahora que lo mencionas, no hay nada mejor que una buena broma para relajar un poco los ánimos.

Libby se incorporó, apoyándose en un hombro, y, con un brillo de excitación en los ojos, preguntó impaciente:

—¿A quién piensas gastársela? Está claro que a la señorita Adams no: es demasiado dura.

—¡No, mi querida Libby! —exclamó Janet con una sonrisa—. No es la señorita Adams. Solo hay una víctima posible cuando se trata de gastar bromas: Mademoiselle. Eh, Bobby, ¿cuántas veces se la habremos pegado en todos estos años?

—Supongo que docenas —se rio Hilary—. ¿Te acuerdas de esa broma que le gastaste, Bobby? Cuando hiciste saltar su plato arriba y abajo... Creía que me daba algo de tanto reír.

—Y ese día en primero, Janet, cuando le llenaste la

funda de las gafas de insectos —intervino Alison—. ¡La pobre Mademoiselle creía que veía visiones!

—Esa vez no fue tan divertido —recordó Janet, haciendo una mueca—. Eso lo hice para vengarme de Mademoiselle, por haber estado de tan mal humor todo el trimestre, pero luego me enteré de que había estado enferma y me sentí tan mal que ¡casi dejo las bromas para siempre! Menos mal que no le causé ningún daño.

—A mí me encantan las bromas y las jugarretas, pero nunca se me ocurre ninguna buena —reconoció Libby—. ¡Bobby, Janet! ¡Gastadle una a Mademoiselle! ¡A ver qué cara pone!

—Sería muy divertido —admitió Bobby entornando sus ojitos alegres con picardía—. ¿Qué dices, Janet?

Janet, convencida de que Libby iba a ser un público muy agradecido, enseguida accedió.

—El caso es que tardaremos un poco en dar con una buena broma y planearlo todo. Estoy esperando carta de mi hermano: tal vez él me dé alguna idea.

—Al hermano de Janet siempre se le ocurren bromas muy ingeniosas —le aclaró Hilary a Libby—. Y siempre las comparte con su hermana, ¡algo que a nosotras nos viene de perlas! Claro que... ¡a Mademoiselle no tanto!

—¡Pobre Mademoiselle! —se lamentó Fern haciendo un mohín—. Me parece vergonzoso que le gastéis bromas precisamente a ella. ¡Es tan buena!

Libby le hizo una mueca a su prima y replicó:

—Dices eso porque se ha tragado esa excusa tan penosa que le has dado esta mañana: ¡que uno de los caballos se te había comido los deberes de francés! ¡Por favor! Vamos, tampoco hay para tanto: solo es para divertirnos un poco.

—Y la buena de Mademoiselle siempre se toma las bromas tan bien —se rio Doris con cariño.

Rachel salió entonces al patio y Fern y Alison fueron a reunirse con ella.

—¡Libby! —dijo Doris en voz baja—. No irá esa prima tuya a chivarse a Mademoiselle, ¿no? ¡Eso lo echaría todo a perder!

—Oh, no te preocupes por Fern —la tranquilizó Libby—. A veces es un poco boba, pero no va a decir nada.

—Puede que Fern mantenga la boca cerrada, pero ¿qué me dices de nuestra distinguida delegada? —dijo Janet con astucia, dándole con el codo a Bobby mientras miraba a Carlota, que estaba echada en la hierba medio dormida, con las manos detrás de la cabeza.

—¿Mm? —La niña bostezó y se desperezó—. ¿De qué estáis hablando?

—Habíamos pensado gastarle una broma a Mademoiselle —explicó Bobby con paciencia—. Fern no lo aprueba y Janet cree que, al ser la delegada de clase, tú tampoco lo aprobarás.

Carlota se incorporó de un salto y soltó con indignación fingida:

—¿Eso cree? Bien, Janet, para tu información te diré

que, aunque fuera delegada de toda la escuela, daría mi visto bueno para que le gastaseis a Mademoiselle una buena broma.

Todas se rieron y Doris gritó:

—¡Bien dicho, Carlota! ¡Deberíamos haber sabido que no te andarías con remilgos!

Carlota también se rio, pero, al mismo tiempo, le lanzó una mirada incisiva a Janet. En los últimos días, esta le había dedicado un par de comentarios mordaces y, aunque todas se habían reído, Carlota no podía dejar de pensar que, por alguna razón, su amiga estaba molesta con ella. ¿Sería acaso porque las demás la habían preferido para dirigir la obra? Tal vez, pero Carlota tenía la extraña sensación de que se trataba de algo más profundo. Era todo muy raro... Janet solía ser tan directa y sincera como la propia Carlota y cuando alguien la fastidiaba, siempre le cantaba las cuarenta. «¡Ojalá me cantara las cuarenta también a mí! —pensó Carlota—. Así al menos se aclararían las cosas de una vez entre nosotras». Nada podía ser peor que esa hostilidad velada que tan poco le pegaba a Janet. Aunque, a veces, recuperaba de repente su habitual actitud amigable y, dándole una palmada en el brazo, recordaba alguna de las bromas que les habían gastado juntas a las de sexto el trimestre anterior. Así que, cuando vio que Janet se reía, Carlota se preguntó si no serían todo imaginaciones suyas, si la supuesta actitud de su amiga no sería solo fruto de su imaginación. ¡Era una situación desconcertante!

A Alison por su parte le parecía irritante la tensión que había entre Fern y Rachel. Hacía un par de noches, había hablado con Rachel y le había pedido que, ya que Fern había accedido a hacer un esfuerzo, ella hiciera lo mismo.

—Vale, seré amable siempre y cuando ella también lo sea —había sido la respuesta poco alentadora de Rachel—. Pero ¡es que no la soporto! Es una boba, por su cabeza no pasa ni un solo pensamiento sensato.

Alison se mordió el labio y se limitó a decir:

—¡Si supieras la cantidad de veces que las demás han dicho lo mismo de mí! Y es verdad. Sé muy bien que soy un poco zoquete, y lo mío no son los pensamientos profundos. —De repente, frunció el ceño—. Pero si Fern y yo nos parecemos, ¿cómo es posible que yo te caiga bien y ella no?

Rachel le dio una palmada en el hombro, bastante conmovida por la reflexión de su amiga.

—Solo os parecéis de forma superficial —le aseguró—. Y puede que no tengas pensamientos profundos..., pero, bueno, al menos no eres todo fachada. Eres cercana, amable, sincera, leal... ¡Todo lo que no es Fern!

—¡Oh! —exclamó Alison, dividida entre el placer de que le producían esos elogios y el deseo de defender a Fern—. Bueno, gracias, Rachel. Me alegro de que pienses eso, pero a mí Fern siempre me ha parecido cercana y amable.

Rachel era lista y, a diferencia de Alison, sabía ver

más allá de una cara bonita. Había calado a Fern la primera vez que le había puesto los ojos encima: enseguida había adivinado a la niña mimada y calculadora que se escondía detrás de esa sonrisa encantadora. Pero era inútil esperar que Alison viera a Fern del mismo modo. Era incapaz de pensar mal de nadie que le cayera bien, a no ser que viera la verdad con sus propios ojos. Así que Rachel esbozó una sonrisa y dijo:

—Quizás haya sido un poco dura con Fern. Puede que cuando la conozca mejor descubra que vale la pena. Bueno, sea como sea, estoy dispuesta a adoptar un punto intermedio.

Rachel estaba recordando esa conversación cuando salió al patio y vio a Fern y a Alison riéndose con un grupito de alumnas de tercero. Alison le sonrió y se levantó. Fern la imitó. Sin embargo, su mirada no casaba con su sonrisa, observó Rachel.

—Hola —la saludó Alison—. ¿Qué has estado haciendo? Fern y yo llevamos siglos aquí fuera.

—Oh, he pensado que sería un buen momento para organizar mi rincón del dormitorio antes de que lo viera la gobernanta —respondió Rachel.

—¡Mira que ponerse a ordenar con el buen día que hace! —exclamó Fern con un escalofrío—. ¡Menudo aburrimiento! De todos modos, me temo que, en general, la vida en el Santa Clara debe de resultarte muy aburrida.

—¿Qué quieres decir con eso? —preguntó Rachel con aspereza.

A Fern no se le pasó por alto el tono que había empleado y, levantando sus elegantes cejas, respondió:

—Bueno, solo que cuando se está acostumbrada a pasarse el día entre personajes famosos, debe de ser un rollo estar en una escuela como esta.

—¡Ah, ya lo entiendo! —Rachel pareció relajarse un poco—. Bueno, Fern, un personaje puede ser tan aburrido como cualquier persona cuando tienes que tratarlo cada día.

—Sí, supongo —repuso la niña con su risita aguda—. Por cierto, ¿a qué escuela de teatro fuiste?

—La Academia de invierno —respondió Rachel—. Es muy buena.

—¡Qué coincidencia! —exclamó Fern, dando una palmada—. Una amiga mía de la escuela de primaria estudia allí. ¡Sara Jameson! Aún mantenemos contacto. ¿La conoces?

—Sí. —La palabra se abrió paso entre los labios fruncidos de una Rachel blanca como el papel. Fern y Alison se la quedaron mirando fijamente, extrañadas—. Sí, conozco a Sara. Esto... ¿Podéis disculparme? Acabo de acordarme de que tengo que hacer una cosa.

Y, dicho esto, Rachel salió corriendo hacia la escuela, mientras Alison y Fern la contemplaban, desconcertadas.

—¡Vaya! ¡Qué raro! —exclamó Alison—. ¿Te has fijado en lo pálida que se ha quedado y lo inquieta que estaba?

Fern asintió mientras la cabeza le iba a mil: no cabía duda de que a Rachel la había afectado descubrir que conocía a una de sus compañeras de la escuela de teatro. Fern estaba empezando a sospechar que la muchacha tenía algo que ocultar. La pregunta era: ¿de qué se trataba? Fern se dijo a sí misma que lo descubriría. «Ya va siendo hora de escribir a Sara Jameson», pensó sonriendo con astucia.

CAPÍTULO 6

Un día fantástico

LA PRIMERA SEMANA DEL TRIMESTRE PASÓ VOLANDO y el sábado llegó enseguida.

Era el día en el que las alumnas podían hacer lo que querían y la mayoría decidió ir al pueblo a gastarse algo del dinero que les daban sus padres, unas fueron a la cafetería y otras a ver una película. Algunas aprovecharon el buen tiempo para nadar, jugar al tenis o simplemente tomar un poco el sol. Carlota estaba especialmente emocionada ese día, porque iba a pasar la tarde en casa de Libby. Cuántas ganas tenía de conocer a la familia de su amiga... y, por supuesto, ¡también a los caballos!

Llegó temprano a Los Robles y, en lugar de ir directamente a la casa y llamar a la puerta, se encaminó hacia el prado. Allí, apoyada en una valla, se dedicó a observar con actitud crítica a un muchacho alto y delgado, parecido a Libby, que montaba un majestuoso caballo negro. El animal era una criatura salvaje y llena de vida, y no paraba de retroceder y corcovear con violencia tratando de sacarse de encima al muchacho. Carlota, no obstante, enseguida respiró aliviada: era evidente que el chico era un jinete experimentado y no se movió de la silla. De pronto, el muchacho vio a Carlota y se le acercó al trote.

—¡Hola! —gritó ella con su cordialidad habitual—. ¡Tú debes de ser Will! Yo soy Carlota Brown.

La niña se llevó una desilusión cuando Will respondió a su generosa sonrisa frunciendo el ceño.

—Lo sé —repuso él con desdén—. Libby ha tenido que irse un momento al pueblo con mamá y Fern, pero no tardará. Me ha pedido que cuidara de ti hasta que regresara.

Una tarea que, a juzgar por su actitud, no era plato de su gusto, pensó Carlota, empezando a mosquearse.

El muchacho la miró de arriba abajo con desprecio y luego le ordenó secamente:

—Espera aquí. Voy a ver si encuentro algún caballo para ti.

Cuando Will se alejó hacia los establos, Carlota alargó el brazo para acariciar el cuello del caballo negro. El animal sacudió la cabeza y retrocedió.

—Vamos, chico —le rogó con cariño—. Acércate a Carlota.

De repente, el caballo se quedó inmóvil y, al cabo de

un momento, avanzó poco a poco hasta plantarse justo delante de ella. Esta vez, cuando Carlota trató de acariciarlo, el animal no solo no se apartó, sino que apoyó su enorme cabeza en el hombro de la niña.

—¡Eh! ¿Qué demonios estás haciendo?

Al oír ese grito iracundo, Carlota se volvió de repente.

—¿No ves que podría haberte mordido? —le chilló el chico muy enfadado.

—¡Pues claro que no va a morderme! —le soltó Carlota, cada vez más molesta con la actitud del muchacho.

—¡Porque tú lo digas! Rocky aún no está adiestrado y tiene muy mal carácter. ¡Tú no podrías controlarlo! Mi hermana es la única chica que conozco capaz de montar a caballo como es debido y ni siquiera ella puede dominar a Rocky.

Carlota hizo un esfuerzo y se tragó la réplica cortante que había estado a punto de soltarle. En lugar de perder los papeles, ¡le daría una buena lección al estirado hermano de Libby!

—Lo siento —dijo muy sumisa, apartándose de Rocky—. ¿Es este el caballo que voy a montar? —preguntó señalando con la cabeza a la yegua menuda, regordeta y dócil que Will había elegido para ella.

—¿Has montado alguna vez? —le preguntó el muchacho.

—Solo un poco —respondió Carlota con modestia.

—Vale. No deberías tener ningún problema para

controlar a la vieja Maisie —aseguró él con una actitud condescendiente que le puso a Carlota los pelos de punta—. ¿Crees que podrás montar sola?

—Oh, me temo que no —repuso ella con los ojos muy abiertos como si estuviera consternada—. ¿No tienes algo a lo que pueda subirme?

Will dejó escapar un suspiro de irritación y, después de soltar las riendas de Maisie, regresó a los establos en busca de un taburete. Cuando Carlota lo vio alejarse, hizo una mueca, corrió hacia la valla, la saltó y se coló en el prado en el que Rocky seguía pastando. Cuando Will regresó, Carlota ya estaba a lomos del caballo.

—¡Bájate de ahí ahora mismo, idiota! —le gritó.

Arrojó el taburete al suelo y empezó a correr hacia la valla:

—¡Te vas a romper la crisma!

—¡Bah! —se limitó a responder Carlota lanzando la cabeza hacia atrás.

Luego chasqueó los labios y Rocky salió disparado como si tuviera alas en los pies. Iba tan lanzado que, por un momento, Will temió que Rocky se hubiera desbocado y decidió que debía salvarla. Luego, sin embargo, se dio cuenta de que Carlota estaba relajada y, al fijarse en la delicadeza con que llevaba las riendas y la gracia natural de su postura, comprendió que no necesitaba que la socorrieran. Rocky no estaba desbocado: la propia Carlota lo había espoleado y, aunque a Will le costara de creer, ¡controlaba perfectamente la situación!

Y, justo entonces, la madre del muchacho llegó del pueblo, acompañada de Libby y Fern.

—¡Will! —gritó la señora Francis muy alarmada—. ¿Se puede saber qué te pasa? ¿Cómo se te ha ocurrido hacerle montar a Rocky a esa pobre muchacha? ¡Ve tras ellos ahora mismo!

—¡No te preocupes por Carlota, mami! —se rio Libby—. Había montado a caballo en un circo. ¡Vaya! ¡Fijaos como corre!

—¿Un circo? —gimió Will consternado—. ¡Oh, no! Libby, ¿por qué no me lo habías dicho? ¡Ahora he quedado como un idiota!

—Bueno, eso no es nada nuevo —se rio su hermana—. Siempre quedas como un idiota. ¡Eh, Carlota! Ven a conocer a mi madre.

La jinete tiró de las riendas y, después de desmontar, salió fuera del recinto.

—Así que tú eres Carlota —dijo la señora Francis con una sonrisa afable—. Libby lleva toda la semana dejándote por las nubes. ¡Me alegro de conocerte por fin! Espero que te veamos a menudo por aquí.

—¡Si así lo desea! —repuso Carlota con una sonrisa. La madre de su amiga le cayó bien al instante.

—Las amigas de mis hijos son siempre bienvenidas —aseguró la señora Francis—. Bueno, supongo que a todos os apetecerá tomar algo fresco: dejaré una botella de limonada preparada en la mesa de la cocina. Venid a tomaros un vaso cuando estéis listos.

La mujer entró en la casa y dejó a los cuatro jóvenes fuera. Libby dijo con malicia:

—No hace falta que te presente al burro de mi hermano. Está claro que ya os habéis conocido.

—Tienes razón: soy burro —reconoció Will con una sonrisa tristona—. Carlota, siento mucho haberte hablado como lo he hecho.

Carlota, que no era nada rencorosa, enseguida le devolvió una sonrisa, cautivada por la sinceridad del muchacho.

—Disculpas aceptadas. Y me temo que yo debería pedirle perdón a la pobre Maisie —añadió Carlota acercándose a la plácida yegua para acariciarle el hocico—. No te he hecho ni caso, ¿verdad, cariño?

—¡Will! ¿No habrás tratado de endosarle a Carlota nuestra vieja y querida Maisie? —preguntó Libby escandalizada y, al mismo tiempo, divertida—. ¡Me sorprende que aún te dirija la palabra!

Fern, que se había quedado merodeando junto al grupito con cara de aburrimiento, dijo:

—Will, ¡nos lo hemos pasado de maravilla en el pueblo! ¡Espera a ver el vestido nuevo que me ha comprado la tía Polly!

El muchacho le lanzó una mirada a su prima y asintió con la cabeza. Luego dijo:

—Libby, vamos a tomar un vaso de esa limonada de mamá y luego le presentamos a Carlota los demás caballos.

—¡Buena idea! —exclamó su hermana—. ¡Vamos, Carlota!

—Oh, ¡no me digas que os pasaréis toda la tarde con los caballos! —gimoteó Fern decepcionada—. Will, ¡me prometiste que hoy me ayudarías con los deberes de matemáticas!

—Un poco más tarde —resolvió el muchacho agitando la mano con impaciencia—. Carlota, tienes que enseñarnos algunos de tus números de circo. ¿Sabes montar sin silla? ¡Me muero por hablarles de ti a mis colegas de la escuela!

Carlota sonrió, pero su mirada avispada enseguida se detuvo en Fern: no cabía duda de que la actitud displicente de su primo la había disgustado. No es que Fern le cayera demasiado bien, pero a Carlota le supo mal verla tan afectada y le dedicó una cálida sonrisa. La niña se quedó de piedra al recibir a cambio una mala cara. A continuación Fern se dio la vuelta y se encaminó hacia la casa.

Sin embargo, a pesar de los desplantes de Fern, fue un día muy agradable. Se pasaron buena parte de la tarde montando y cuidando de los caballos, y luego se acomodaron en la hierba para hacer un pícnic. Los padres de Libby y Will también comieron con ellos y las bromas del señor Francis hicieron partirse de risa a todo el mundo: fue una comida muy divertida.

Después de tomar el té, el señor Francis se ofreció para acompañar a Carlota a la escuela.

—¡Se me ocurre algo mejor! —propuso Will—: ¿Por qué no hacemos el camino a caballo? Carlota puede montar a Silver y yo lo traigo de vuelta después de dejarla en el Santa Clara.

—¡No es justo! —protestó Fern—. Yo no podré ir con vosotros.

—Bueno, es culpa tuya que no te hayas dignado aprender a montar —le reprochó Will con cierto desdén—. Siempre estás chillando y echando a correr cada vez que un caballo te suelta un relincho.

Por un momento, Carlota creyó que Fern iba a echarse a llorar, pero entonces la señora Francis dijo muy seria:

—¡Has sido muy desagradable, Will! No es culpa de Fern que no le gusten los caballos.

—Lo lamento mucho —musitó Will sonrojándose un poco.

—¿Por qué no hacemos el camino a pie? —propuso Carlota—. No tardaremos demasiado y Fern podrá venirse con nosotros.

Fue un gesto muy generoso por parte de Carlota, porque ella habría preferido ir a caballo. Sin embargo, enseguida se dio cuenta de que Fern se sentía fuera de lugar con sus primos, apasionados de los caballos. La muchacha, no obstante, no parecía muy agradecida: le lanzó a Carlota una mirada de odio que, por un momento, afeó esa carita bonita que tenía, e hizo todo el trayecto hasta el Santa Clara sin abrir la boca. Mientras, los demás charlaron animadamente, ajenos a su silencio. Cuando llegaron a las puertas de la escuela, Carlota estaba agotada.

—Nos vemos el lunes —le dijo Libby.

—Gracias por todo. Me lo he pasado muy bien —respondió Carlota—. Adiós. Hasta la vista, Fern.

—Vuelve pronto, ¿vale? —le pidió Will, y luego añadió con una sonrisa descarada—: ¡No estás nada mal para ser una chica!

—Y yo diría que tú tampoco estás mal... ¡para ser un chico! —replicó Carlota con malicia.

Había sido un día fantástico, pensó Carlota muy satisfecha mientras iba a reunirse con sus compañeras de tercero. Estaba impaciente por contárselo todo. ¡Y era genial haber hecho un nuevo amigo! Carlota no se daba cuenta de que también se había ganado a una enemiga: Fern. La niña, hija única, consentida y acostumbrada a tener la atención incondicional de sus padres, era extremadamente celosa y, cuando alguien que le caía bien se mostraba interesado en otra persona que no fuera ella, no podía soportarlo.

Fern no pudo sacarse a Carlota de la cabeza durante todo el trayecto hasta casa. «La ha tratado como si fuera su hermana —pensó Fern muerta de celos—, y, en cambio, a mí apenas me ha hecho caso». En cuanto al tío Tom, con ella nunca se había reído ni había bromeado como lo había hecho con Carlota. Incluso la tía Polly había armado un revuelo exagerado, como si Carlota fuera una más de la familia. ¡No era justo! Primero esa odiosa de Rachel trataba de arrebatarle a Alison, y ahora esa horrible de Carlota parecía querer ocupar su sitio en la familia. Bueno, ¡estaba claro que habría que hacer algo con las dos!

CAPÍTULO 7

Una elección… y un plan

Carlota había convocado una reunión para anunciar cuál de los guiones para la obra se había seleccionado y en la sala comunitaria de tercero había una enorme agitación. Eran muchas las alumnas que habían empezado a escribir uno, pero la mayoría no había tardado en darse cuenta de que la tarea no era tan sencilla como había creído. Pat e Isabel eran de las que se habían quedado a medio camino: después de soltar muchos suspiros, devanarse los sesos y llenar las páginas de tachones, todos sus esfuerzos acabaron en la papelera.

—Creo que deberíamos enfrentarnos al hecho de que no tenemos el talento necesario para escribir el guion de la obra —había deducido Pat con pesar.

—Después de lo que hemos trabajado, ¡ni siquiera creo que tengamos talento para escribir una nana! —había dicho Isabel con un suspiro—. Espero que a las demás se les haya dado mejor, de lo contrario, ¡adiós a la obra!

Al final, se presentaron tres guiones y la señorita Adams y Carlota los leyeron con detenimiento. A pesar de que las autoras no habían desvelado su nombre, la delegada enseguida reconoció el trabajo de Doris. Su magnífico sentido del humor estaba presente en cada una de las líneas y Carlota no pudo parar de reír mientras las leía.

El segundo guion, muy dramático, había supuesto un esfuerzo encomiable. A pesar de ello, Carlota y la señorita Adams coincidieron en que el tercero era espectacular.

—No sé quién lo habrá escrito, pero, sea quien sea, ¡le espera un futuro brillante! —exclamó la señorita Adams—. Es un guion excelente.

—Sí, y tiene algún toque de humor, además de varios momentos dramáticos, de modo que probablemente le gustará a todo el mundo —opinó Carlota complacida.

Le echó un vistazo a la portada y leyó el título en voz alta:

—*Los diamantes de lady Dorinda*. Tal vez sea de Hilary. Si es así, ¡se lo tenía muy callado!

Pero la misteriosa escritora no era Hilary. En realidad, ¡era la última persona que se habría imaginado Carlota!

La delegada entró en la sala con el guion debajo del

brazo y les dedicó una amplia sonrisa a todas las presentes.

—Antes que nada quería dar las gracias a las tres que habéis entregado un guion —dijo tomando asiento—. Todos son muy buenos y está claro que habéis trabajado mucho. Es una pena que solo hayamos podido elegir uno, pero ahí va: *Los diamantes de lady Dorinda*. Voy a leer el primer acto y, a continuación, le pediremos a la autora que dé un paso adelante y le dedicaremos un fuerte aplauso.

Las niñas escucharon con atención cuando Carlota empezó a leer y, a medida que la trama se fue desplegando, se quedaron todas cautivadas.

—¿No te parece maravillosa? —le susurró Isabel a Pat.

—¡Y que lo digas! ¡Nosotras no habríamos tenido ninguna oportunidad!

Al cabo de un rato, Carlota llegó al final del primer acto y miró al público, expectante, impaciente por conocer la reacción de sus compañeras. ¡Y menuda reacción tuvieron! Al principio se impuso el silencio, pero luego las ovaciones entusiastas de las alumnas de tercero hicieron retumbar la sala; todas aplaudieron y silbaron con tanto entusiasmo que Mademoiselle, que estaba corrigiendo en la sala de abajo, ¡creyó que el techo iba a venirse abajo!

—¡Es brillante!

—¡Bravo!

—Cuando vean esto, ¡nuestros padres se quedarán clavados en la silla!

—¡La autora! ¡La autora! —gritó alguien.

Las demás se unieron todas a la demanda hasta que Carlota, alzando la voz aún más que sus compañeras, chilló:

—¡Sí! ¡Levántate, seas quien seas!

La delegada miró a Hilary mientras hablaba, convencida de que la autora era ella. Sin embargo, algo se movió al otro lado de la sala y una figura delgada se puso en pie. ¡Rachel! Las niñas se quedaron mudas. La altiva Rachel, que parecía creerse por encima de las demás, se había molestado en escribir una obra para la clase... ¡y menuda obra! De repente, todas la vieron con otros ojos y, cuando las ovaciones estallaron de nuevo y varias de sus compañeras se acercaron a felicitarla, la muchacha se sonrojó con timidez. La única que se quedó plantada en la silla sin despegar los labios fue Fern; no le gustó nada que Rachel fuera objeto de tanta atención y aún menos que Alison le gritara:

—¡Bien hecho, Rachel!

—Gracias —repuso esta vacilante, situándose al lado de Carlota—. ¡Cuánto me alegro de que os haya gustado!

—¡Nos ha encantado! —exclamó la delegada, todavía sorprendida de que la autora anónima fuera precisamente Rachel—. Y ahora ya podemos empezar a repartir los papeles y comenzar los ensayos. Haré varias copias del guion para que todas podáis leerlo con tranquilidad, y el próximo sábado a las dos en punto empezaremos las audiciones.

Una oleada de murmullos de excitación llenó la sala y Fern, olvidándose de que había prometido hacer un esfuerzo para que Rachel le cayera bien, le dijo a Alison con desprecio:

—Ahora Rachel será aún más creída e insoportable que antes. La verdad es que es muy rebuscada. ¡Mira que ponerse a escribir la obra en secreto y no decirte nada a ti, su mejor amiga!

—¡Sí me lo contó! —dijo Alison—. Pero le prometí que le guardaría el secreto. No quería que nadie lo supiera, por si el guion no le salía bien y decidía no entregarlo.

—Vaya, parece que estás mejorando, Alison —exclamó Janet al oír aquel comentario—. No hace mucho, contarte un secreto a ti era el mejor modo de que toda la escuela lo supiera.

Alison le hizo una mueca y Janet se echó a reír. ¡La verdad era que Alison estaba cambiando! Si le hubieran hecho un comentario parecido hacía solo un par de trimestres, seguro que se habría echado a llorar. A Fern, en cambio, no le hizo ninguna gracia: no soportaba la idea de que su amiga hubiera compartido un secreto con Rachel a sus espaldas. Y lo peor era que ni siquiera podía castigarla enfurruñándose con ella, porque lo único que conseguiría era acercarla aún más a Rachel. ¡Qué injusta le parecía la vida!

Cuando las alumnas de tercero empezaban a marcharse, Carlota llamó a Janet y a Rachel y les preguntó:

—Por favor, ¿podríais ayudarme con las audiciones el próximo domingo? No será nada fácil encontrar a la persona adecuada para cada papel. Janet, tú siempre tienes las ideas muy claras, y me serás de mucha ayuda. Y tú, Rachel, te sobra experiencia en estas cosas: ¡seguro que contigo todo irá como una seda!

—¡Estaré encantada de ayudar! —se apresuró a decir Janet, sin acordarse de que aún estaba algo resentida con Carlota.

—Y yo también —coincidió Raquel.

Hacía mucho tiempo que no estaba tan contenta y tenía las mejillas sonrojadas y los ojos brillantes. «¡Qué aspecto más atractivo y agradable tiene ahora!», pensó Carlota.

—¡Genial! —exclamó la delegada con entusiasmo—. Será divertido.

Gracias a Bobby y a Janet, sin embargo, las niñas no tuvieron que esperar a las audiciones para divertirse. Al día siguiente, Janet recibió un paquete pequeño que le había mandado su hermano, y lo abrió en el dormitorio, en compañía de Bobby.

—Vaya, no parece muy emocionante —se lamentó su amiga, decepcionada, cogiendo lo que parecía un carrete de hilo—. No veo que con esto podamos gastarle ninguna broma a Mademoiselle.

Janet, que había estado leyendo la carta que había llegado con el paquete, soltó una risa y repuso:

—¡Ya lo creo que sí! Toma, lee esto.

Bobby cogió la carta y su rostro travieso enseguida se iluminó con una sonrisa.

—¡Brillante! —exclamó—. Janet, esta podría ser nuestra mejor broma.

—Y creo que ya sé cómo mejorarla —añadió mientras rebuscaba algo en el interior de su armario—. ¡Ah, aquí está!

Y extrajo una lata que tenía varios agujeros en la parte superior.

—Pero ¿qué es esto? —quiso saber Bobby muerta de curiosidad.

—Se llama caja de los lamentos —le aclaró Janet—. Hace siglos que la tengo, pero nunca había tenido la oportunidad de usarla. Creo que ha llegado el momento. Escucha.

Janet le dio la vuelta a la lata y se oyó un largo gemido.

—¡Maravilloso! —suspiró Bobby—. Janet, gastemos la broma el viernes, cuando Mademoiselle nos haga leer ese libro de francés en voz alta.

—¿Quieres decir esa historia de fantasmas? —preguntó Janet con una sonrisa—. ¡Esto se pone cada vez más interesante, Bobby! Vamos a contárselo a las demás.

Esa mañana, a la hora del recreo, un grupo de alumnas de tercero encabezado por Bobby y Janet entraron en el aula.

—Vamos, Janet —la instó Pat con impaciencia—. ¡Nos morimos de ganas de saber qué habéis planeado!

—Está bien. Isabel, quédate vigilando junto a la puerta, por si aparece alguna de las profesoras —le indicó Janet sacándose el hilo y la lata del bolsillo.

—Pero ¡si es un vulgar carrete de hilo de algodón! —se lamentó Hilary.

—Ah, pues no es algodón corriente —advirtió Janet—. ¡Fíjate en esto! —La niña ató con destreza un extremo a la cuerda que colgaba de la persiana de la ventana y luego retrocedió unos pasos—. ¿Lo ves? El hilo es casi invisible.

—Ya veo —dijo Doris—. Oh, mejor dicho, ¡no lo veo! ¿Y ahora qué?

Como respuesta, Janet tiró del hilo invisible y la persiana bajó.

—Podemos hacer mover todo lo que queramos simplemente atándole el hilo y tirando de él —explicó Bobby—. La pobre Mademoiselle creerá que la habitación está encantada. Y esto ayudará.

Janet le dio la vuelta a la caja de los lamentos y, al oír ese gemido aterrador, Libby se estremeció.

—¡Oh! ¡Da escalofríos! —exclamó—. ¡Dios mío! ¡Será una broma genial!

—Antes de que llegue Mademoiselle, habrá que asegurarse de que el hilo esté bien sujeto a los lugares que hayamos elegido —advirtió Janet, que, cuando planeaba una broma, siempre quería que todo estuviera perfecto—. El viernes, a la hora del patio, algunas de nosotras tendremos que venir a comprobarlo. Y con esa historia francesa tan espeluznante que estamos leyendo, será pan comido sacar a relucir el tema de los fantasmas.

—¡Me muero de ganas de que llegue el viernes! —exclamó Doris entusiasmada.

CAPÍTULO 8

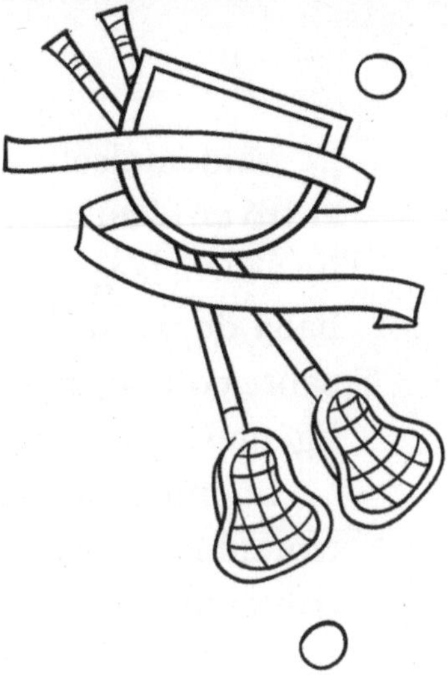

Una broma fantasmal

LOS DOS DÍAS SIGUIENTES TRANSCURRIERON A PASO de tortuga, pero al fin llegó el viernes y también la hora de la clase de francés.

Bobby, Janet y las gemelas se colaron en el aula a la hora del recreo y, después de cortar largas hebras de hilo mágico, las ataron a los pomos de los armarios, las sillas sin ocupar y la lámpara del techo. En fin, a todo lo que pudiera moverse con facilidad.

—Mademoiselle es ideal para gastarle bromas —se rio Isabel imaginándose la situación—. Siempre cae de cuatro patas y nunca sospecha que estemos implicadas en las cosas misteriosas que le ocurren.

—¡Pues la verdad es que hoy van a ocurrirle bastantes! —aseguró Pat con una sonrisa—. Solo espero que no se le escape la risa a nadie. ¡Podría echarlo todo a perder!

Mademoiselle estaba de muy buen humor cuando entró en el aula. El correo de la mañana le había dejado una carta larga y cariñosa de una de sus sobrinas, y acababa de pasar una hora de francés sosegada y gratificante con las de sexto, todas alumnas aplicadas e inteligentes.

La mujer, ajena a que su placidez tenía los minutos contados, sonrió a las alumnas de tercero y les dijo muy contenta:

—Sentaos, *mes filles*. Bien, hoy proseguiremos con la lectura del relato de fantasmas que comenzamos la semana pasada. Hilary, puedes empezar tú.

—Oh, Mademoiselle, ¿debo hacerlo? —le rogó Hilary con cara de susto, abriendo mucho los ojos—. Es que me pone los pelos de punta.

—Vamos, pero ¡si solo es un cuento, *mon enfant*! —le aseguró Mademoiselle con dulzura—. En realidad, los fantasmas y esas cosas no existen.

—Yo no estaría tan segura, Mademoiselle —intervino Doris con aire enigmático—. El otro día cogí prestado un libro de la biblioteca en el que leí que el Santa Clara podría estar encantado.

Alison fingió un escalofrío muy logrado y Doris prosiguió:

—Al parecer, un monje sin cara deambulaba por los pasillos y las aulas de la escuela soltando un quejido lastimero y...

—¡Ya basta! —saltó Mademoiselle—. En el Santa Clara no hay monjes, ¡ni con cara ni sin ella! ¡La señorita Theobald no lo permitiría!

A Mirabel se le escapó una risita que enseguida transformó en un ataque de tos y Mademoiselle repitió muy firme:

—Los fantasmas y esas tonterías no existen. Hilary, por favor, empieza a leer.

Hilary obedeció y Janet esperó a que su compañera hubiera llegado a la mitad de la página para activar la caja de lamentos que tenía guardada en el bolsillo. Libby chilló:

—¡Mademoiselle! ¿Qué ha sido eso?

Por un momento, la profesora de francés se quedó muy asombrada, pero enseguida se recuperó.

—Debe de haber sido el gato de la escuela, desde el otro lado de la ventana —resolvió—. Gladys, prosigue tú con el cuento, por favor.

Cuando Gladys llegó a una parte del relato especialmente tensa y aterradora, Bobby tiró del hilo que le quedaba más cerca y la persiana se cerró con un estruendo aterrador.

—*Tiens!* —exclamó Mademoiselle llevándose la mano al corazón—. ¡Qué salto!

—¿Quiere decir «sobresalto», Mademoiselle? —se rio Isabel—. ¿Por qué se habrá cerrado la persiana?

—En mi opinión, no ha sido nada de este mundo —respondió Doris con gravedad—. Creo que ha sido el fantasma de...

—¡Doris! Una palabra más sobre ese monje sin cara y ¡te echo de clase! —la amenazó Mademoiselle—. ¡Fíjate! La ventana está abierta: debe de haber sido el viento.

Por supuesto, pasó por alto el detalle de que hacía un día fantástico, sin apenas un soplo de brisa, y, mirando a las niñas con dureza para que no se atrevieran a contradecirla, ordenó con aplomo:

—¡Gladys! ¡Continúa!

Pat esperó a que su compañera cometiera un error de lectura para tirar del hilo y, cuando la puerta del armario se abrió con violencia, pegó un salto muy bien conseguido.

—¡Mademoiselle, esto no me gusta nada! Hoy están pasando cosas muy raras —exclamó Pat, que fingía estar aterrada.

La profesora de francés estaba empezando a alarmarse, pero se las arregló para afirmar con contundencia:

—Las puertas no se abren solas. Las de detrás debéis de haber tirado del pomo.

—Pero, Mademoiselle, ¡ninguna está lo bastante cerca! —observó Janet—. Y ya ve que nadie se ha movido de su sitio.

Cuando aún estaba hablando, Janet volvió a darle la vuelta a la caja de lamentos y la pobre Mademoiselle se quedó helada.

Doris, incapaz de seguir controlándose, soltó una carcajada, y, al oírla, Libby y Carlota tuvieron que parapetarse detrás del libro para ocultar sus risas. Entonces

Janet miró a los ojos a las niñas que tenía alrededor y, después de asentir con la cabeza, todo sucedió muy deprisa: la lámpara que colgaba por encima de la cabeza de la profesora de francés empezó a balancearse; la silla vacía que estaba detrás de Rachel acabó en el suelo y el borrador de la pizarra se cayó de la repisa. Y todo acompañado de ese triste lamento interminable. Mademoiselle soltó un chillido y retrocedió, a punto de perder el equilibrio.

—¡Ah, *mon Dieu, mon Dieu*! —gritó—. ¡Es verdad! ¡Esta clase está encantada!

Al oír eso, las niñas ya no pudieron seguir conteniéndose y se echaron a reír como locas. Isabel estuvo a

punto de caerse de la silla, Hilary se llevó las manos a la barriga, y Gladys y Mirabel se agarraron la una a la otra mientras las lágrimas les recorrían las mejillas.

Mademoiselle contempló el caos que reinaba en el aula y salió corriendo a buscar ayuda.

Cuando salió por la puerta, las niñas dieron rienda suelta a sus risas.

—¡Un monje sin cara! —exclamó divertida Carlota sin aliento.

—¡Ah, *mon Dieu, mon Dieu*! —gritó Doris, imitando a la perfección la voz de Mademoiselle—. ¡Si sigo riéndome así, me va a dar algo!

Incluso Fern, que había estado en contra de esa broma desde el principio, se doblaba de risa, y Rachel se desternillaba.

—¡Escuchad! —exclamó Pam cuando consiguió controlarse lo bastante como para poder hablar—. ¿Adónde creéis que habrá ido Mademoiselle?

—Espero que no esté hablando con la señorita Theobald —dijo Hilary—. De todos modos, si nos cae una bronca, habrá valido la pena. ¿Habéis visto la cara que ha puesto cuando la lámpara ha empezado a balancearse?

Las risas empezaron de nuevo y, al cabo de unos minutos, todas se estaban tronchando.

Mientras, Mademoiselle había ido a buscar a la directora, convencida de que en el aula de tercero había un fantasma. Cuando la profesora de francés irrumpió en su despacho, la señorita Theobald levantó la mirada con desconcierto y se alarmó al ver la cara pálida de la mujer.

—Pero, Mademoiselle, ¡está usted temblando! —exclamó—. ¿Qué ocurre?

—Ay, señorita Theobald, no se va a creer lo que ha ocurrido en el aula de tercero —gimió dejándose caer en la silla—. Está encantada: ¡es evidente que hay un fantasma!

La señorita Theobald, que sabía muy bien lo excitable que era Mademoiselle, ocultó una sonrisa y repuso con calma:

—Tal vez sea mejor que me cuente exactamente lo que ha pasado.

—Todo ha empezado con una especie de lamento terrible, como un alma en pena. Luego los libros y los muebles han empezado a moverse solos por la habitación. ¡Las pobres niñas estaban aterrorizadas!

—¿De verdad? —preguntó la directora escéptica—. Bobby y Janet están en tercero, ¿verdad, Mademoiselle?

Cuando la profesora de francés cayó en la cuenta de lo que la señorita Theobald estaba sugiriendo, abrió la boca de par en par.

—¡Le aseguro que no era una broma! —declaró con convicción—. Es imposible que esas niñas hayan podido hacer todas esas cosas.

La directora era consciente de que, cuando se trataba de Bobby y Janet, ¡nada era imposible! La mujer se puso en pie y dijo con energía:

—Bueno, Mademoiselle, vayamos a investigar.

Las alumnas de tercero se habían calmado un poco cuando Mademoiselle regresó y, al ver entrar a la señorita Theobald detrás de la profesora de francés, se quedaron todas mudas. Un silencio rotundo se impuso en el aula y todas se apresuraron a ponerse en pie.

—¡Mire, señorita Theobald! —exclamó Mademoiselle—. Esa es la silla que se ha caído y fíjese en el borrador de la pizarra: ha volado por el aire.

Bobby, que era la más osada de la clase, aún tenía cogido el extremo del hilo que estaba sujeto a la lámpara y no pudo resistir la tentación de pegarle un tirón.

Mademoiselle soltó un grito y se agarró a la señorita Theobald.

—¡Y el fantasma aún sigue aquí! —gritó.

La señorita Theobald observó la lámpara y luego miró a Bobby, que ponía cara de no haber roto nunca un plato: todas sus sospechas quedaron confirmadas al instante.

—Bobby, ¿qué tienes en la mano? —le preguntó después de encaminarse directamente hacia la niña.

Bobby abrió los dedos. A primera vista, no parecía que tuviera nada en la mano. A la señorita Theobald, sin embargo, no se le escapaba una y, cuando la mujer se inclinó hacia delante, distinguió algo en la palma de la niña.

—Mademoiselle, creo que Bobby podrá aclararnos los extraños sucesos que han tenido lugar aquí —dijo la directora—. Dejaré que se encargue usted del asunto.

Dicho esto, abandonó el aula y Bobby esperó cabizbaja a que Mademoiselle descargara toda su rabia sobre ella.

—¡Vaya! —exclamó la francesa—. ¡Una broma! ¿Cómo os las habéis arreglado para hacer estas cosas abominables?

Bobby le confesó el secreto del hilo misterioso y Janet se sacó la lata de los lamentos del bolsillo y la hizo sonar una vez más.

—Entiendo —dijo Mademoiselle regresando a su mesa.

Luego toda la clase atendió con la respiración agitada, mientras la mujer contemplaba solemne el infinito con su mirada sombría. Se impuso un silencio durante unos instantes y, al cabo de un rato, Mademoiselle empezó a reírse. Primero por lo bajo, luego, abiertamente, hasta que acabó soltando carcajadas con la cabeza echada hacia atrás mientras las lágrimas le rodaban mejillas abajo. Las niñas también rompieron a reír, encantadas de que Mademoiselle supiera tomarse la broma tan bien. ¡Menudo alivio! Si la profesora de francés era capaz de valorar el aspecto cómico de esa jugarreta, no iba a sucederles nada terrible. Mademoiselle, no obstante, no pensaba dejar que se fueran de rositas.

—Ay, ¡sois tremendas! —exclamó guiñándoles un ojo—. Como castigo, vais a traducirme los primeros dos capítulos del cuento que hemos estado leyendo en clase y ¡los quiero para el lunes!

Las alumnas de tercero protestaron para sí, pero ninguna se atrevió a decir una palabra: al fin y al cabo, se merecían el castigo. De hecho, Doris dijo más tarde:

—Si se hubiera tratado de cualquier otra profesora, ¡no habríamos salido tan bien paradas! ¡Podemos dar gracias de que Mademoiselle sea tan guay!

—¡Y que lo digas! —se rio Bobby—. De todos modos, será mejor que no le gastemos ninguna broma durante un tiempo. No creo que la próxima vez vaya a ser tan indulgente con nosotras.

—No —dijo Pat con una sonrisa—. ¡Es capaz de perseguirnos como un fantasma!

CAPÍTULO 9

Carlota en apuros

El día de las audiciones, Carlota se pasó la mañana montando a caballo, con Libby. Se había convertido en una visitante habitual de Los Robles y ya era como una más de la familia.

Las dos primas estaban en los establos cuando llegó Carlota.

—¡Hola, chicas! —exclamó la delegada.

—¡Carlota! ¿Ya vuelves a estar por aquí? —le preguntó Fern muy enfática—. Ya solo te falta mudarte y asistir al Santa Clara en régimen diurno, como Libby y yo.

—¡Fern! —gritó su prima sorprendida por la mala educación de la niña—. ¿Cómo te atreves? Carlota es nuestra invitada (una invitada muy bienvenida) ¡y no me gusta que le hables así!

—Está claro que es más bienvenida que yo —soltó

Fern—. Quizá preferirías que le dejara mi habitación para que pueda instalarse aquí para siempre.

—¡Vaya! —suspiró Carlota cuando Fern se alejaba—. ¿Se puede saber qué mosca le ha picado? Ya sé que no soy santo de su devoción, pero nunca me había atacado directamente de ese modo.

—Oh, es que te tiene envidia por lo bien que les has caído a Will y a mis padres —aclaró Libby exasperada por la actitud de su prima—. Ya sabes lo embobada que está con mi hermano, aunque él la ve como una plasta. Y luego apareces tú y Will empieza a tratarte como a una hermana.

—Pobre Fern —dijo Carlota—. No me extraña que la tenga tomada conmigo.

—¡Nada de pobre Fern! —espetó Libby con tono burlón—. Mis tíos la han mimado y consentido durante toda su vida. No le vendrá nada mal enterarse de que no puede ir manipulando a todo el mundo a su antojo.

—Supongo que sí —se rio Carlota—. Por cierto, ¿por dónde andan Will y tus padres? Esto está muy tranquilo hoy.

—Han ido a visitar a unos amigos —le explicó Libby—. Fern y yo también estábamos invitadas, pero no queríamos perdernos las audiciones.

—¿Vas a presentarte para alguno de los papeles principales? —preguntó Carlota.

—¡Por supuesto que no! Me bastará con ser figurante —respondió Libby—. No quiero pasarme todo mi tiempo libre ensayando en lugar de montando a caballo. La verdad es que me sabe mal que seas la directora: ya no podrás venir tan a menudo.

—¡Tienes razón! —repuso Carlota consternada—. ¡No había pensado en eso! Ahora me arrepiento de no haber dejado que Janet se encargara de la dirección. Bueno, entonces será mejor que aproveche al máximo el tiempo que me queda. ¿Qué te parece, damos una vuelta?

Las dos amigas pasaron una hora magnífica montando a caballo y luego fueron a la cocina, donde tomaron un almuerzo sencillo, pero delicioso: pan crujiente, queso y ensalada, y de postre, un buen pedazo de pastel de manzana con nata.

Fern las acompañó y se levantó de la mesa en cuanto terminó de comer.

—Me voy al Santa Clara —se limitó a decir.

—¿Por qué? —preguntó Libby sorprendida—. Aún falta mucho para que empiecen las audiciones.

—Ya lo sé, pero voy a presentarme para el papel de lady Dorinda y Alison me ha prometido que me ayudaría a repasarlo para que me salga perfecto.

—Mucha suerte —le deseó Carlota—. Eh, Libby, será mejor que controlemos el tiempo. No estaría nada bien que llegara tarde a las audiciones.

—Podemos fiarnos del reloj de los establos —respondió la niña—. Vamos, si recogemos todo esto enseguida, aún podremos pasar un rato con los caballos.

Fern salió de la cocina y se detuvo pensativa bajo los cálidos rayos del sol. Carlota tendría problemas con el resto de la clase si no llegaba a la hora esa tarde. Las alumnas de tercero se tomaban sus responsabilidades muy en serio y esperaban que la delegada llevara la batuta. De repente, Fern tomó una decisión y se encaminó muy resuelta hacia los establos. Una vez allí, cogió una escalera de mano y la plantó debajo del reloj que había colgado encima de la entrada. A pesar de haberse encaramado hasta el último escalón, tuvo que ponerse de puntillas y extender los brazos por encima de la cabeza para poder llegar a las manecillas. Al final, lo consiguió y las retrasó una hora. Luego, sonriendo para sí con aire triunfal, devolvió la escalera a su sitio y salió al patio para enfilar el camino de regreso a la escuela. ¡Aunque no consiguiera el papel de lady Dorinda, iba a disfrutar de lo lindo de esas audiciones!

—¿Dónde demonios se ha metido Carlota? —preguntó Pat con impaciencia, mirando de nuevo la hora—. ¡Ya casi son más de las dos y cuarto y no hay ni rastro de ella!

—Me parece muy desconsiderado de su parte: ¡las demás hemos hecho el esfuerzo para estar aquí a la hora! —protestó Janet irritada—. Eh, Fern, ¿tienes idea de dónde pueden haberse metido ella y Libby?

—Oh, ya sabéis cómo es Carlota —respondió esta,

soltando una risita—. En cuanto se sube a lomos de un caballo, se olvida de todo lo demás. ¡No me sorprendería que se haya olvidado también de las audiciones!

—Pues yo voto por que empecemos sin ella—decidió Hilary—. Estamos perdiendo el tiempo. Si Carlota se molesta, ¡lo siento!

—Exacto —coincidió Janet haciéndose cargo de la situación—. Empezaremos con el papel de lady Dorinda, el personaje principal. Fern, comienza tú y luego seguimos con Gladys.—Janet se sentó junto a Rachel y, cuando Fern se subió al escenario, las dos la observaron con actitud crítica—. La verdad es que encaja con el papel —murmuró—, pero actúa de pena.

Rachel asintió. Fern se movía por el escenario, recitando su papel a gritos mientras agitaba los brazos con dramatismo. Varias de las chicas allí presentes tuvieron que ahogar las risas al oír esa voz estridente e impostada que tan poco tenía que ver con el tono agradable que acostumbrara a emplear al hablar. Al final, incapaz de seguir aguantando, Janet se levantó y gritó:

—¡Gracias, Fern! Creo que ya hemos visto suficiente. Gladys, te toca a ti.

Gladys, menuda y con aspecto discreto, subió al escenario blanca como el papel y muy nerviosa. Al verla, Rachel frunció el ceño: ¡esa criatura apocada nunca podría interpretar a la hermosa y pizpireta lady Dorinda! Pero Rachel se equivocaba. Gladys no solo interpretó el papel de la protagonista, sino que con su discurso

y sus movimientos fluidos y naturales, se convirtió en ella. Cuando hubo terminado, el público aplaudió y la aclamó con entusiasmo.

—¡Uau! ¡Qué talento! —exclamó Rachel totalmente emocionada.

Al oír a Gladys recitando las palabras que había escrito y dando vida al personaje que había creado, se había conmovido. A Rachel se le hizo un nudo en la garganta. Ella y Janet no podían estar más de acuerdo: ¡Gladys tenía que hacer el papel de lady Dorinda!

Mirabel, que era alta y fornida, se quedó con el personaje del marido distraído y Doris estuvo estupenda interpretando el papel cómico del policía inepto.

—Se morirán todas de risa —dijo Rachel muy contenta—. Doris tiene tanto talento como Gladys, pero su estilo es diferente.

Janet asintió con la cabeza, complacida por el cambio que había dado Rachel y sorprendida de lo bien que trabajaban juntas. Había creído que, al tener una formación teatral, Rachel sería demasiado crítica y difícil de complacer, pero lo cierto era que no escatimaba en elogios y trataba de ser siempre sincera. Además, aunque le daba un poco de vergüenza admitirlo, Janet estaba encantada de poder demostrar a todo el mundo que, a pesar de la ausencia de Carlota, sabía manejar perfectamente la situación. Lo cierto era que las audiciones habían ido como la seda y, a solo diez minutos de las tres, ya se habían repartido todos los papeles principales. Cuando se disponían a asignar los secundarios, Carlota y Libby entraron en el auditorio con toda tranquilidad, riéndose y charlando, mientras las demás las contemplaban muy molestas.

—¡Qué detalle! ¡Por fin os habéis dignado aparecer! —exclamó Janet con sarcasmo—. Espero que no hayamos interrumpido vuestro paseo a caballo.

Al oír el tono crispado de la voz de Janet y ver cómo la miraban las demás, Carlota se detuvo en seco.

—¿Qué pasa? —preguntó sorprendida—. Oh, ¡no me digáis que habéis empezado sin nosotras! ¡Eso es muy poco considerado!

—¡Todavía lo es más llegar una hora tarde! —gritó Bobby muy indignada—. ¿No creeríais que estaríamos una hora aquí sentadas, sin hacer nada, esperando a que aparecierais?

—Bobby, ¿se puede saber de qué hablas? —dijo Carlota desconcertada por el tono de voz de su compañera—. No son más que las dos menos diez.

—No, Carlota, son las tres menos diez —la corrigió Pat muy seca.

—Pero ¡eso es imposible! —saltó Libby frunciendo el ceño—. Hemos salido de casa cuando el reloj de los establos marcaba exactamente las dos menos veinte.

—Pues parece que vuestro reloj no va bien —dijo Isabel—, porque llegáis casi una hora tarde.

—¡Oh, no! —se lamentó Carlota abatida—. Chicas, ¡lo siento mucho!

—Ha sido culpa mía —se disculpó Libby—. ¡Estaba segura de que el reloj marcaba bien la hora!

—Bueno, ahora ya no hay nada que hacer —dijo Hilary con criterio—. Me temo que hemos tenido que empezar sin ti y la mayor parte de los papeles ya están asignados.

—Entiendo. —Carlota se acercó a Janet y a Rachel y le echó un vistazo a la libreta que las dos tenían delante. Había escrita una lista de todos los papeles y, al lado de cada uno de los personajes, el nombre de quien iba a interpretarlo—. Bueno, parece que las dos habéis hecho un buen trabajo —dijo la delegada con generosidad, tratando de ocultar la decepción de su voz—. ¿Queréis que me encargue a partir de ahora?

—No me parecería justo —protestó Mirabel—. Janet y Rachel han hecho el trabajo más duro y ahora quieres quitarlas de en medio.

—¡En absoluto! —replicó Carlota dolida—. He llegado tarde por un simple error, me he disculpado y ahora quiero compensarlo haciéndome cargo de mi obligación. ¿Qué hay de malo en ello?

Fern se encogió de hombros, encantada, desde un discreto segundo plano. Su jugarreta había funcionado mejor de lo que había creído y nadie tenía la menor sospecha de que había adelantado el reloj. ¡Y a esa jugarreta la seguirían muchas más!

—Tratemos de calmarnos un poco —sugirió la sensata Hilary—. Carlota, ¿por qué no dejas que Rachel y

Janet acaben de repartir los papeles? Hasta ahora han hecho un trabajo magnífico. Mientras puedes empezar a preparar el calendario de los ensayos.

Carlota le dedicó a Hilary una sonrisa agradecida y repuso:

—Buena idea. Voy a buscar una hoja de papel y un lugar tranquilo donde trabajar.

Así que la situación se resolvió y sus compañeras le perdonaron a Carlota la metedura de pata. Aunque no todas la olvidaron. Fern pensó en ello más de una vez, satisfecha de haberle causado problemas a la delegada e impaciente por tramar futuras venganzas contra ella y Rachel. Y Janet tampoco se olvidó del incidente. Carlota había demostrado que no era de fiar, así que podía volver a fallarles en el futuro. ¡Más le valía andarse con ojo!

CAPÍTULO 10

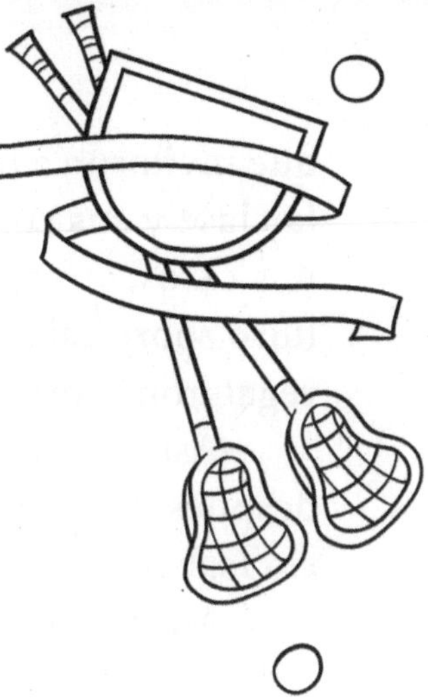

Una fiesta de cumpleaños

A PARTIR DE ENTONCES, CARLOTA SE ANDUVO CON mucho ojo: era consciente de que había metido la pata con las de tercero y estaba resuelta a no volver a hacerlo. Los primeros dos ensayos fueron como la seda: todo el mundo llegó puntual y las actrices mostraron un gran entusiasmo. ¡La clase estaba impaciente por representar la obra de final de trimestre!

Pero no solo se divertían con la obra. También estaba el tenis y la natación, que prácticamente todas adoraban, y ya no faltaba demasiado para la celebración de mitad de trimestre. ¡Todas se morían de ganas de volver a ver a sus padres! Y lo mejor de todo era que se acercaba el cumpleaños de varias de las alumnas de tercero... ¡y cumpleaños significaba fiesta!

El primero fue el de Libby. Un sábado por la mañana, sus padres organizaron una fiesta en Los Robles a la que invitaron a toda la clase. Libby era muy popular en la clase y sus compañeras le compraron regalos, algunos caros, otros, no tanto. Carlota le entregó un bonito libro sobre caballos que le entusiasmó y las gemelas le regalaron juntas un enorme frasco de gel de baño.

—Así podrás meterte en remojo para recuperarte después de pasarte todo el día montada en la silla —se rio Isabel.

—Me temo que esta semana estoy sin un céntimo —dijo Bobby tendiéndole una caja de chocolatinas—, pero ¡feliz cumpleaños, Libby!

—Muchísimas gracias, Bobby —respondió la niña muy contenta, aceptando las chocolatinas con tanto entusiasmo que cualquiera habría dicho que eran las joyas de la corona—. ¡Creo que nunca me habían hecho tantos regalos! Gracias a todas. ¡Ha sido un cumpleaños magnífico!

Y ¡menuda fiesta celebraron! Primero participaron en los juegos que se habían organizado en el jardín y luego tomaron té en la cocina. Todo fueron «ohs» y «ahs» cuando las muchachas vieron las bandejas rebosantes de pasteles, galletas y sándwiches de todo tipo.

—¡A esto le llamo yo una buena fiesta! —exclamó Bobby encantada—. Muchas gracias, señora Francis.

Las demás la secundaron a coro y la madre de Libby dijo con una sonrisa:

—Bueno, ¡será mejor que os lo comáis todo! ¡No quiero ver ni una sola miga en los platos!

—No se preocupe, señora Francis —se rio Hilary.

Y la verdad es que no dejaron nada. Las niñas estaban hambrientas después de haberlo dado todo en los juegos y se abalanzaron sobre la comida como si llevaran días sin probar bocado. La madre de Libby se ocupó de ir rellenándoles los vasos de limonada y la fiesta fue un éxito rotundo.

—¿Puedo ayudarla a recoger, señora Francis? —se ofreció Alison, muy educada, en cuanto terminaron de comer.

—Eres muy amable, querida, pero mejor ve afuera a divertirte con las demás —repuso la madre de Libby con una sonrisa.

Era la primera vez que la señora Francis veía a Alison, la amiga de Fern, y le había caído muy bien. Alison se parecía a su sobrina en muchas cosas, pero tenía un aspecto amable y dulce del que Fern carecía. A pesar de que la señora Francis quería mucho a su sobrina, era muy consciente de sus defectos y a veces le preocupaban un poco. No estaría nada mal, pensó, que alguien como Alison la ayudara a limarlos un poco.

—¿Y ahora qué hacemos? —preguntó Libby cuando todas estuvieron fuera de nuevo.

—Después de esta magnífica merienda no me apetece hacer nada, la verdad —confesó Janet, dejándose caer sobre la hierba—. Estaré encantada de quedarme aquí, echada al sol, charlando un rato con vosotras.

Al parecer, todas pensaban lo mismo, así que se acomodaron a su lado y se tendieron en la hierba.

—¿No sería genial poder hacer esto cada sábado? —suspiró Doris.

—Bueno, el cumpleaños de Isabel y el mío será poco después de mitad de trimestre —dijo Pat—. Mis padres nos han prometido que nos mandarían un poco de dinero y seguro que la señorita Theobald nos dará permiso para celebrar una fiesta en la sala comunitaria.

—¿Quién necesita su permiso? —se burló Bobby—. Yo propongo que organicemos una fiesta de medianoche sonada.

Varias voces gritaron entusiasmadas:

—¡Es una idea estupenda!

—¡Una fiesta! ¡Sí, hagamos una!

—Sería muy divertido —coincidió Isabel—, pero ¡no va a ser posible! Libby y Fern no podrían asistir y me haría sentir muy mal excluirlas, sobre todo después de que Libby haya tenido la amabilidad de invitarnos a su casa hoy.

Todas estuvieron de acuerdo. Sin embargo, Bobby dijo con malicia:

—¿Quién ha dicho nada de excluirlas? Viven apenas a unos minutos a pie del Santa Clara y la luna ya estará muy alta a esa hora. Seguro que se nos ocurrirá algún modo de que Fern y Libby se unan a la fiesta sin que las pillen.

Fue una sorpresa que la osada de Carlota, siempre dispuesta a apuntarse a cualquier aventura, dijera con prudencia:

—No estoy segura de que sea una buena idea. Ya sería un desastre que nos pillaran a las internas, pero si además se descubriera que las alumnas de día no estaban en su casa en plena noche, nos caería una buena.

—¡Es que nadie lo descubrirá! —exclamó Janet con una risa burlona—. Nos aseguraremos de que así sea. La verdad, Carlota, desde que eres delegada parece que hayas perdido el sentido del humor y las ganas de divertirte.

—¡No es eso! —saltó la niña, dolida por las palabras de Janet—. Pero perdería mi posición si algo fuera mal.

—Quizá Carlota no nos quiere en la fiesta —sugirió Fern con astucia.

De repente, se le había ocurrido un modo de causarle más problemas a la delegada y, para que su plan funcionara, era vital que tanto ella como Libby asistieran a esa fiesta de medianoche.

—¡Eso no es verdad! —protestó Carlota disgustada. No soportaba ser la aguafiestas—. Me encantaría que pudierais venir las dos. Es solo que como delegada...

—Dejemos las cosas claras —intervino Janet—. ¿Estás diciendo que si Hilary fuera aún la delegada, no tendrías ningún reparo en que las alumnas de régimen diurno asistieran a nuestra fiesta?

—Exacto —respondió Carlota con cara de preocupación, preguntándose adónde iba a llevarla todo eso. Pronto lo descubrió.

—Entiendo —repuso Janet con tranquilidad—. Así

que habrías estado dispuesta a que Hilary pusiera en peligro su posición, pero, ahora que la delegada eres tú, no estás preparada para asumir ningún riesgo. La verdad, Carlota, me parece una actitud muy hipócrita.

—Vamos, Janet, eso es un poco duro —protestó Pat—. Carlota no ha sido nunca una hipócrita.

—Por favor, Pat, ¿cómo puedes decir eso? —intervino Fern, encantada de poder respaldar a Janet contra la que consideraba su enemiga—. ¿Te acuerdas cuando tú, Isabel y Carlota os detuvisteis aquí camino de la escuela el primer día después de vacaciones? Entonces ¡Carlota mencionó la posibilidad de celebrar una fiesta de medianoche este trimestre! Pero, claro, eso era antes de descubrir que iban a nombrarla delegada. Libby, ¿tú qué dices? ¿Te gustaría asistir a la fiesta?

¡La pobre Libby no sabía qué decir! Por un lado, se moría de ganas de participar en la fiesta y, por el otro, no quería ir en contra de su amiga.

Carlota, que hasta entonces había estado muy pensativa, la libró de tener que contestar, porque levantó el mentón y, con una expresión de gravedad, dijo con toda franqueza:

—Fern y Janet tienen toda la razón. He sido una hipócrita, pero hasta ahora no lo había visto de ese modo: creía simplemente que estaba siendo responsable como delegada. Sí, Janet, habría estado dispuesta a permitir que Hilary arriesgara su posición si estuviera en mi lugar. Y sí, Fern, tienes razón acerca de lo que dije ese primer día. Así que las dos seréis muy bienvenidas a la fiesta y si algo va mal y nos pillan (esperemos que no), yo asumiré toda la responsabilidad. —Carlota sonrió y, de repente, cuando sus ojos negros recuperaron el brillo, volvió a ser la de siempre—. Al fin y al cabo, si me suspenden como delegada, tampoco será el fin del mundo.

—¡Bien dicho, Carlota! —gritó Doris.

—¡Sí! ¡Y todo va a ir bien! ¡Toca madera! —soltó Isabel poniendo la mano en la cabeza de Doris.

—¡Aquí, aquí! —exclamó Doris con una expresión cómica.

Todas se echaron a reír.

—Janet —dijo entonces Pat—, creo que deberías retirar lo que has dicho acerca de que Carlota es una hipócrita. Ha sido lo bastante valiente como para admitir que se ha atolondrado un poco con lo del puesto de delegada. Ahora tú también deberías serlo y reconocer que la has juzgado mal.

—Por supuesto —se apresuró a reponer Janet, sonrojándose un poco. El discurso franco de Carlota le había parado un poco los pies. Era difícil seguir resentida ante tal despliegue de sinceridad. Janet, que no era de las que eludía las obligaciones, por muy incómodas que fueran, dijo sin rodeos—: Lo retiro, Carlota. No eres una hipócrita. —Luego, sonriendo, arrepentida, le tendió la mano—: ¿Amigas?

—Amigas —accedió Carlota devolviéndole la sonrisa y el apretón de manos.

Por dentro, no obstante, ninguna de las dos estaba del todo tranquila. Habían acordado una tregua, pero era una tregua incómoda. Más tarde, en la sala comunitaria, Pat e Isabel hablaron del tema en un rincón tranquilo.

—Creo que se está cociendo una discusión de campeonato entre Janet y Carlota —dijo Isabel preocupada—. Y, sin embargo, ¡hasta ahora habían sido siempre tan buenas amigas! No comprendo qué les ha pasado.

Pat tampoco lo entendía.

—Espero que tengan una buena pelea y que esta tensión que hay en el ambiente desaparezca de una vez —suspiró—. No soporto este mal rollo.

Esa noche, al acostarse, Carlota tampoco podía dejar de pensar en el incidente y era incapaz de pegar ojo. A pesar de su valiente discurso de esa tarde, le preocupaba más de lo que estaba dispuesta a admitir que Libby y Fern acudiesen a la fiesta. No sería el fin del mundo si tenía que dejar de ser delegada, había dicho, con aire desafiante. Sin embargo, la verdad era que, si eso sucedía, se llevaría un gran disgusto y no podría quitarse de encima la sensación de fracaso. A principios de trimestre les había escrito a su padre y a su abuela una carta muy larga cargada de entusiasmo para darles la emocionante noticia. Y ellos enseguida le habían contestado: estaban encantados y muy orgullosos de ella. ¡Menudo disgusto se llevarían si perdía un puesto tan importante y de tanta responsabilidad!

CAPÍTULO 11

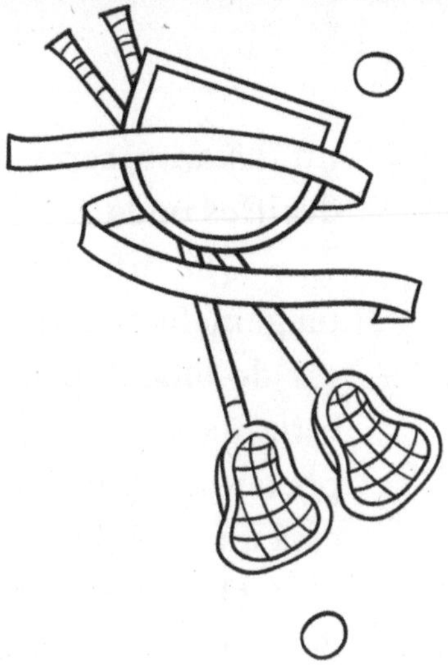

Mitad de trimestre

ANTES DE QUE LAS NIÑAS TUVIERAN TIEMPO DE HACER planes para la fiesta de cumpleaños de las gemelas, llegó la celebración de mitad de trimestre. Las alumnas de tercero saltaron de la cama a primera hora de la mañana y hubo atropellos y trompicones para entrar en el baño y arreglarse con sus mejores vestidos de verano.

—¿Vendrán tus padres a pasar el día contigo, Rachel? —preguntó Hilary deseando en secreto que así fuera. Como casi todas las demás, se moría de ganas de conocer en persona a los dos actores.

—Sí, y como sus padres están de viaje, Alison nos acompañará.

—¡Qué orgullosos estarán de ti cuando sepan que has escrito la obra de teatro! —exclamó Bobby.

—¿La obra? —Rachel se quedó blanca y, al cabo de

un instante, repuso algo envarada—: No creo que deba decirles nada.

—Qué niña tan curiosa —le comentó Pat a su hermana gemela cuando Rachel se marchó—. No sé qué pensar de ella. A principio de trimestre me pareció muy estirada y presuntuosa, y, aunque luego se calmó un poco y se convirtió en una más de nosotras, a veces aún está un poco fría y distante.

—Oh, no te preocupes por Rachel —exclamó Isabel de muy buen humor—. ¡Yo solo pienso en que enseguida veremos a nuestros padres! Eh, Gladys, ¡seguro que tú también estás impaciente por abrazar a tu madre!

—¡Ni te lo imaginas! —respondió la niña con una sonrisa—. Iremos a comer al restaurante de un hotel con Mirabel y sus padres. ¡Seguro que nos lo pasamos de miedo!

Y entonces Carlota entró en la sala comunitaria con un hermoso vestido azul celeste y una cinta a juego que le sujetaba sus rizos alborotados, un estilo que no era nada propio de ella (pero que le quedaba de maravilla).

—¡Hola! Pero ¿quién es esta chica tan elegante? —bromeó Doris—. ¿Podemos ayudarla en algo?

—¡Serás idiota! —se rio Carlota, levantando un puño amenazador. Luego se alisó la falda del vestido y dijo algo cohibida—: Me siento como si fuera otra persona vestida así.

—¿Qué pretendes, Carlota? —preguntó Hillary con una sonrisa—. ¿No tratarás, por casualidad, de impresionar a tu abuela?

—Exacto —respondió la niña con franqueza—. Ya sabes que siempre se queja de que voy descuidada. He pensado que si me pongo el vestido que me regaló para mi cumpleaños, puede que empiece a verme con mejores ojos.

—¿Hay alguna razón en particular por la que quieras que te vea con mejores ojos? —preguntó Pat divertida.

—En realidad, lo hago por ti y por Isabel —respondió Carlota con una sonrisa—. Mira, cuanto más satisfecha esté de mí mi abuela, más generosa será. Así que el tamaño de vuestro regalo de cumpleaños, chicas, ¡depende del aspecto de señorita que tenga hoy!

Isabel le guiñó un ojo a su gemela y le dijo:

—Así que si nos regalas un caramelo a repartir entre las dos, señal de que te has portado mal, ¿no? Pues ¡ya puedes controlarte un poco!

Todas se echaron a reír y, al cabo de un instante, Mirabel exclamó:

—¡Oh, fijaos en el coche que acaba de aparcar! ¡Ya han llegado los primeros padres!

Todas corrieron a la ventana y Doris asomó la cabeza fuera, gritando, muy entusiasmada:

—¡Son los míos! ¡Hola, mamá! ¡Papá!

—¡Cálmate o vas a acabar cayéndote por la ventana y aplastando a tu pobre madre! —se rio Janet tirando de ella.

Pero Doris no le hizo ningún caso.

—¡Vamos! —le chilló a Hilary, que iba a pasar el día con ella—. ¡Bajemos a saludarlos!

Los coches fueron llegando uno tras otro y, al cabo de nada, los jardines de la entrada de la escuela estaban a rebosar de gente.

—Me da un poco de corte conocer a tus padres —le confesó Alison a Rachel.

—¿Por qué? —se rio la niña—. ¡No tienen dos cabezas ni nada de eso!

—No, pero son famosos —aclaró Alison con gravedad—. No me extrañaría que pensaran que soy una don nadie.

—¡Qué tontería! —exclamó Rachel—. Puede que sus caras sean conocidas, pero ¡son gente de lo más normal! ¡Mira, ahí están! Ven conmigo, Alison, y lo comprobarás por ti misma.

Como era de esperar, los padres de Rachel eran personas muy amables y agradables que nada tenían que ver con los personajes altivos con los que Alison esperaba encontrarse, así que enseguida se relajó en su compañía. Por desgracia, la decisión de Alison de pasar el día con Rachel había enfriado ligeramente su relación con Fern.

Fern le había preguntado con delicadeza si le importaría compartir el día de mitad de trimestre con ella.

—Comeremos en casa, Alison —le había dicho—. Luego vendremos a la escuela a ver el tenis y la natación, y visitaremos la exposición de arte.

—Oh, Fern, eres muy amable, pero me temo que ya he quedado para pasar el día con Rachel y sus padres —había respondido Alison abatida; no soportaba herir los sentimientos de la gente.

—Bueno, seguro que puedes decirle que has cambiado de opinión —repuso Fern.

—¡Eso sería de muy mala educación! ¡Ha sido la primera en invitarme! Además, ¡no he cambiado de opinión! Quiero pasar el día con Rachel.

—Entiendo —dijo Fern con frialdad y, a continuación, soltó esa risita aguda que había empezado a sacar de quicio a su amiga—. ¡Lo que ocurre es que quieres codearte con sus padres, que son gente famosa!

—¡Eso que has dicho es horrible! —le espetó Alison sin aliento, dolida—. Por supuesto que me apetece conocerlos, pero la razón por la que quiero ir es que Rachel es mi amiga y me cae muy bien.

—¡Como si esa criatura engreída pudiera caerle bien a alguien! —replicó Fern—. Bueno, haz lo que te parezca, Alison. Ya encontraré a alguien con quien pasar el día.—Y entonces Fern se dio la vuelta y se alejó con paso firme.

La niña se reconcilió con Alison más tarde, pero la tensión entre las dos amigas no desapareció. Cuando Alison le preguntó si había encontrado a alguien con quien compartir el día, Fern esbozó una sonrisa extraña y respondió:

—Oh, sí, alguien muy interesante.

—¿Quién? —preguntó Alison muerta de curiosidad.

Pero Fern se limitó a sacudir la cabeza y le dedicó una sonrisa engreída insufrible. Alison sabía que las demás alumnas de tercero habían hecho ya sus planes para ese día y Fern no tenía amigas en otros cursos, así que no imaginaba quién podía ser esa niña misteriosa.

Pero lo descubrió esa misma tarde. Mientras los padres de Rachel estaban enfrascados en una conversación con la señorita Adams, Alison vio llegar a la familia Francis. Libby enseguida llevó a sus padres y a su hermano a conocer al padre de Carlota, y Fern se fue directa hacia Alison y Rachel. La acompañaba una chica rubia muy alta a la que Alison no había visto nunca. La niña le dio a Rachel con el codo.

—Ahí viene Fern. ¿Quién será esa niña? Parece guay.

Rachel levantó la mirada... y abrió los ojos como platos, horrorizada y blanca como el papel.

—Pero, Rachel, ¿qué te ocurre? —exclamó Alison alarmada—. ¿Te encuentras bien?

Rachel no respondió. Veía acercarse a Fern y su acompañante, incapaz de moverse ni de articular palabra.

—Alison y... ¡Rachel! —exclamó Fern empleando su tono más dulce y efusivo.

También lucía su sonrisa más brillante, pensó Rachel con amargura, e incluso le pareció entrever una buena dosis de rencor en su rostro.

—Alison, me gustaría que conocieras a una vieja amiga, Sara Jameson. Por supuesto, a ti no hace falta que te la presente, Rachel, porque también es una vieja amiga tuya.

—¿Ah, sí? ¿Os conocéis? —preguntó Alison mirando a Rachel con cara de sorpresa—. Oh, claro, ahora me acuerdo: Sara es la niña que iba a la misma escuela de teatro que tú. Vaya, ¡qué bien que hayáis podido encontraros de nuevo!

Rachel, sin embargo, no parecía disfrutar en absoluto del encuentro.

—Hola, Sara —dijo en un tono extraño y un poco forzado—. ¿Qué te trae por aquí?

—Oh, mi abuela vive cerca y he pasado unos días en su casa. Cuando Fern se enteró de que estaba en la zona, me invitó a pasar el día de mitad de trimestre con ella. ¿Verdad que ha sido muy amable? —Tal vez Sara detectó algo extraño en el comportamiento de Rachel, pero lo disimuló muy bien, porque su actitud fue abierta y afable en todo momento—. ¿Cómo te encuentras aquí? —le preguntó con cariño—. La verdad es que parece una escuela fantástica.

—Lo es... Es... estoy bien —respondió Rachel de forma inconexa, mirando angustiada a un lado y al otro como si quisiera escapar.

Alison no comprendía qué le ocurría. De repente, su amiga la agarró del brazo y le dijo presurosa:

—Oh, ¡mis padres nos llaman! Vamos, Alison. Adiós, Fern. Sara... me alegro de volver a verte.

Y entonces Alison cruzó el jardín a rastras de su amiga y vio que sir Robert y lady Helen aún seguían hablando con la señorita Adams.

—Rachel, ¿se puede saber qué te pasa? —le soltó Alison empleando un tono mordaz nada habitual en ella.

Le habría gustado compartir más rato con Fern y Sara, que le había parecido muy agradable. Alison miró a Rachel de soslayo, entornando los ojos. ¿Sería Sara la razón por la que su amiga estaba actuando de forma tan extraña?

Lady Helen se dio la vuelta y, pasando el brazo por encima de los hombros de su hija, dijo con una sonrisa deslumbrante:

—¿Va todo bien, cariño?

—Sí, mamá —repuso Rachel, tratando de sonreírle a su vez—. Todo va bien.

Pero no era así, pensó Alison frunciendo el ceño con desconcierto. Algo había pasado, algo que había disgustado a Rachel profundamente. Si pudiera descubrir qué era y ayudar a su amiga.

¡Fern podría habérselo explicado! Durante la celebración de mitad de trimestre, Sara le había dicho todo lo que necesitaba saber sin apenas darse cuenta. Cuando tuvo la información, Fern supo que Rachel la vería reflejada en sus ojos y eso le produjo una gran sensación de poder. En realidad eso era todo lo que quería. Probablemente no le habría dicho una palabra a nadie de no haberse visto envuelta en una pelea con Rachel durante uno de los ensayos, después de mitad de trimestre.

CAPÍTULO 12

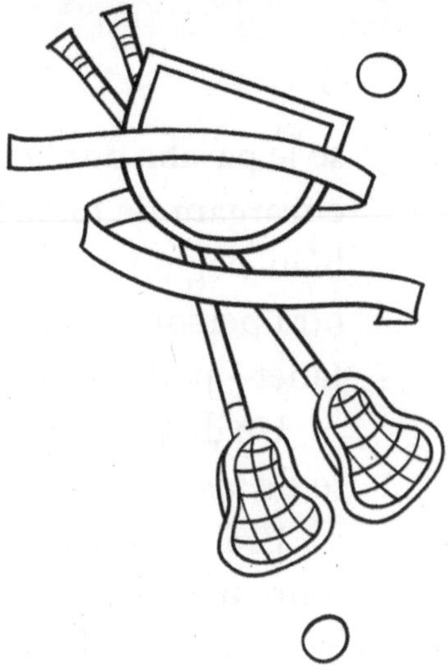

Un mal día para Rachel

RACHEL LE ESTABA SIENDO DE GRAN AYUDA A CARlota en los ensayos. Era muy detallista y a menudo se fijaba en cosas que a la delegada se le pasaban por alto.

—Si Bobby entrara por el otro lado, no eclipsaría tanto a Gladys —podía sugerirle, o bien—: Mirabel lo ha hecho de maravilla, pero ¡tampoco es necesario que grite tanto! Si habla en un tono más natural, su interpretación será más efectiva.

—A veces pienso que deberías ser tú la directora —le dijo Carlota un día.

Rachel se sonrojó y respondió con una sonrisa:

—Eso no lo sé, pero seguro que a mí me resulta más fácil, porque visualicé la obra en mi cabeza cuando la escribí; por eso localizo enseguida los detalles que no acaban de estar bien.

Carlota se mordió el labio. No era la primera vez que

se le pasaba por la cabeza que sería mejor que Rachel se encargara de todo. Sin embargo, sus compañeras la habían elegido a ella y si se limitaba a pasarle las riendas a otra persona, así, sin más, algunas de ellas —en especial Janet— podrían acusarla de eludir sus responsabilidades.

Un día, sin embargo, la cosa se le escapó por completo de las manos.

Era un sábado por la tarde y Carlota había ido a montar con Libby mientras las demás alumnas de tercero estaban aburridas sin saber qué hacer.

—Si al menos Carlota estuviera aquí para dirigirnos, podríamos ensayar un rato —dijo Doris.

—Y ¿por qué deberíamos esperar a que Carlota acabe con sus cosas? —exclamó Janet de repente—. Libby no tiene ningún papel en la obra, así que no vamos a echarla en falta, y Rachel puede hacer de directora. Rachel, ¿tú qué dices?

—Bueno, a mí no me importa, siempre y cuando Carlota no crea que pretendo robarle el puesto —respondió.

—¡No digas tonterías! —exclamó Janet—. Además, la culpa es suya: últimamente se pasa más tiempo en casa de Libby que en el Santa Clara.

Fern, que se había acercado a la escuela para pasar la tarde con Alison, sonrió y dijo con dulzura:

—Sí, dejad que se encargue Rachel. Ha pasado por la escuela de teatro y estoy segura de que hará un trabajo magnífico.

Alison le ofreció a Fern una sonrisa de apoyo. La niña estaba haciendo un gran esfuerzo para llevarse mejor con Rachel. La única que descubrió un brillo en los ojos azules de Fern y adivinó el resentimiento que había detrás de esa dulzura fingida fue la propia Rachel.

Bobby salió corriendo hacia el despacho de la señorita Theobald para pedirle permiso para usar el auditorio, y el ensayo no tardó en empezar.

Todo fue como una seda hasta que llegó el momento de que Fern interpretase su personaje. La niña hacía el papel de una doncella y solo decía una frase, pero insistía en meter la pata una y otra vez. Rachel enseguida sospechó que lo hacía para fastidiarla y aún lo vio más claro cuando Fern la miró con soberbia, sonriéndole por lo bajo. Rachel trató de controlarse con todas sus fuerzas y le hizo repetir la frase una y otra vez, tragándose las ganas de chillarle, pero Fern era capaz de acabar con la paciencia de un santo.

Todo estalló cuando Janet, que, como las demás, se estaba impacientando, gritó:

—¡Por el amor de Dios! Pasemos a otra escena o perderemos toda la tarde con Fern. Vamos, Rachel, ¡se supone que tú estás al mando!

—Oh, dejadme hacer un último intento —rogó Fern—. Os prometo que esta vez lo haré bien.

—Vale —accedió Rachel apretando los dientes—, pero es tu última oportunidad.

Así que Fern dijo su frase de nuevo y, una vez más, se equivocó. Y eso fue la gota que colmó el vaso.

—¡Madre mía! ¡Tampoco es tan difícil aprenderse una sola frase! —gritó Rachel cerrando los puños con fuerza a ambos lados del cuerpo—. ¡Eres la peor actriz que he visto en mi vida! ¡Estás fuera de la obra! Intercambiad papeles con Libby y quédate con el suyo, que carece de texto. ¡Al menos ella tiene bastante cabeza como para enlazar varias palabras juntas!

—¡No puedes hacer eso! —protestó Fern muy enfadada y roja como un tomate—. ¡La directora es Carlota! ¡Tú solo la estás sustituyendo! ¡Que no se te suban los humos a la cabeza, Rachel!

—Entonces le sugeriré a Carlota que lo haga, y estoy bastante segura de que coincidirá conmigo —replicó Rachel. Luego añadió con aire burlón—: Ella también piensa que lo de actuar no es lo tuyo.

Por un momento, se impuso el silencio: las alumnas de tercero se quedaron contemplando a Fern, que, desde el escenario, le clavaba una mirada venenosa a Rachel. Todas creyeron que la niña rompería a llorar o que se marcharía hecha una furia, pero, ante la sorpresa de las demás, no hizo ninguna de las dos cosas. Se limitó a soltar una risa de desdén y dijo con frialdad:

—Bueno, tú sabes muy bien lo que significa ser una mala actriz, ¿verdad? Por eso te echaron de la escuela de teatro. No querías tomarte un tiempo para convertirte en una colegiala como las demás: el caso es que no te querían allí... porque ¡actuabas de pena!

Rachel no dijo una palabra; se quedó pálida y empezó a temblar de la cabeza a los pies. Era justo lo que había temido que sucediera: ¡ahora todas las demás sabrían que era un fraude!

Fern prosiguió con su vocecilla delicada y cargada de odio:

—Sara me lo contó todo en mitad de trimestre. Me explicó que el director de la escuela de teatro les dijo a tus padres que nunca podrías seguir sus pasos y que más valía que dejases la escuela y fueras a un colegio normal. Y tú creíste que podrías venir aquí a darnos lecciones a todas, ¿verdad? ¡La gran actriz! ¡Ja!

Rachel, incapaz de seguir soportando la expresión triunfante de Fern, dejó escapar un sollozo y, sin atreverse a mirar a las demás por miedo a ver el desprecio en sus rostros, salió del auditorio como una exhalación.

—Bueno, ahora ya sabéis que es un fraude —dijo Fern mirando a sus compañeras una a una—. ¿Qué me dices ahora de tu preciosa Rachel, Alison?

De repente se calló: sí había desprecio en las miradas de las demás, pero no iba dirigido a Rachel, sino a ella.

—¡Acabas de hacer algo horrible! —le espetó Alison con voz temblorosa—. Fern, ¿cómo has podido?

—Ha sido despreciable —opinó Hilary frunciendo el ceño—. ¡Y mezquino! Has provocado a Rachel adrede

hasta hacerle perder los nervios para poder soltarle todo eso delante de las demás.

—¡No es verdad! —gimoteó Fern, horrorizada ante la reacción que había provocado la bomba que había soltado; incluso Alison se había puesto en su contra—. Si no hubiera dicho que pensaba echarme de la obra, me habría callado.

—Tal vez, pero te ha encantado tener este poder sobre Rachel, ¿verdad? —le soltó Alison con desprecio—. Supe que algo andaba mal cuando trajiste a Sara para la celebración de mitad de trimestre.

—¡No sé por qué os habéis enfadado todas tanto conmigo! —protestó Fern—. Deberíais estarme agradecida por haber aireado su secreto.

—Sí, eso es exactamente lo que has hecho —dijo Pat con frialdad—: airear su secreto, destruir el caparazón que Rachel había construido para protegerse. ¿Puedes hacerte una idea de lo mucho que debió de sufrir? La pobre debió de quedarse destrozada cuando le dijeron que no tenía ningún futuro en los escenarios.

—Por no hablar de la vergüenza que debieron de pasar sus padres cuando supieron que la escuela no la quería más como alumna —apuntó Isabel—. Debió de pensar que los había decepcionado.

—¡Y se estaba adaptando tan bien aquí! —suspiró Gladys—. Admito que al principio parecía un poco pagada de sí misma, pero ahora sabemos que esa actitud no era más que una pose, un modo de lidiar con lo que había ocurrido. Cuando la felicitamos por la obra que había escrito, se convirtió en una de nosotras.

—Sí, y eso no lo soportas, ¿verdad, Fern? Sobre todo cuando empezó a intimar más con Alison —se burló Janet—. ¡Y ahora lárgate! ¡Ya os hemos aguantado lo bastante a ti y a tu rencor!

Fern, desconcertada, se volvió hacia Alison con aire suplicante, pero esta la fulminó con la mirada y le espetó:

—Vete, Fern. Después de esto, tendré que pensarme muy bien si quiero seguir siendo tu amiga.

Y le dio la espalda. Fern, tal como había hecho Rachel hacía solo un instante, soltó un sollozo y salió corriendo.

—¡Ha sido horrible! —exclamó Doris con una seriedad que no era nada habitual en ella—. ¿Adónde habrá ido Rachel?

—Probablemente estará en el dormitorio —supuso Hilary—. Alguna de nosotras debería ir a ver si está bien.

—Ya voy yo —resolvió Alison—. Al fin y al cabo, es mi amiga.

Y entonces, de repente, se llevó las manos a la cara y empezó a llorar.

—¡Pobre Rachel! —gimió—. Me sabe muy mal por ella.

Janet le dio una palmada en el hombro y dijo:

—Tranquila, Alison. Estará mejor en cuanto sepa

que ninguna la apreciamos menos por lo ocurrido. La verdad, no creo que puedas serle de mucho consuelo si te pones a llorar así cuando la veas.

Alison soltó una risita entre sollozos e Isabel dijo:

—Debería haber sido Carlota, la delegada de la clase, quien se hubiera hecho cargo de esta situación.

—Sí, pero, como siempre, Carlota no está cuando se la necesita —recordó Janet muy seca—. Ya iré yo a hablar con Rachel.

Todas estuvieron de acuerdo. Tal vez Janet tuviera la lengua afilada, pero tenía buen corazón y si algo no le faltaba era sentido común. Dos cualidades que iba a necesitar para poder hacerse cargo de la pobre Rachel.

CAPÍTULO 13

Otra pelea

Janet encontró a Rachel en el dormitorio. La niña estaba hecha un ovillo y lloraba desconsoladamente. Le supo muy mal verla así, y enseguida se le acercó y le puso la mano en el hombro.

—¡Déjame en paz! —le espetó Rachel zafándose de ella.

—No puedo dejarte así —repuso Janet con voz pausada. Luego se sentó a su lado y añadió—: ¡Vamos, Rachel! No te va a hacer ningún bien guardártelo todo dentro. Te sentirás mucho mejor si hablas de ello.

—¡Oh, claro! Seguro que estarás encantada de oír todos los detalles de mi humillación —replicó Rachel entre lágrimas—. Así podrás ir a contárselo a las demás y os haréis un hartón de reír a mi costa.

—Rachel, ¡eso no es verdad! —exclamó Janet asombrada—. Yo solo quiero ayudarte. Todas lo queremos.

La muchacha dejó de llorar por un momento. Levantó la mirada hacia los cálidos ojos de Janet y sintió un cierto consuelo al ver la compasión que había en ellos. Luego inspiró profundamente y dijo:

—No hay mucho que contar. Fern ya se he encargado de que lo supierais todo. Todo mi discursito sobre lo de llegar a ser actriz era una farsa... El trimestre pasado, el director me hizo llamar y, muy amablemente, me dijo que no tenía suficiente talento y que lo mejor sería que pusiera todos mis esfuerzos en otra profesión.

—Entiendo —dijo Janet—. Debió de ser muy duro. Pero, Rachel, deberías habérnoslo contado todo desde el principio. ¡Lo habríamos entendido!

—Ya lo sé, pero es que no podía aceptarlo —suspiró Rachel—. Por eso al llegar aquí adopté esa absurda actitud altiva, porque estaba desesperada por creer que aún podía ser una actriz. No conseguía aceptar el hecho de que había fallado a mis padres, de que los había decepcionado.

—¿Estaban muy desilusionados? —preguntó Janet con sutileza.

—Fueron maravillosos —respondió Rachel—. Me dijeron que lo que decidiera, fuera lo que fuera, les parecería bien y que me darían todo su apoyo.

—Bueno, eres afortunada de tener unos padres así —dijo Janet con cariño—. Y supongo que es mejor que hayas sabido la verdad cuanto antes.

Rachel la miró con impaciencia e inspiró por la nariz.

—Oh, ¡era de esperar que no me entendieras! ¡Yo llevo el teatro en la sangre! Ha formado parte de mi vida desde que nací y siempre había esperado que también formara parte de mi futuro.

—Y puede que así sea —dijo Janet pensativa—. Solo tienes que enfocarlo desde un ángulo distinto.

—¿Qué quieres decir? —preguntó Rachel sin poder evitar sentir curiosidad.

—Rachel, tú tienes mucho talento —le aseguró Janet muy seria—. No como actriz, pero sí como dramaturga: esta obra que has escrito es brillante. ¡Y como directora también eres magnífica! Si te concentras en estas cosas, estoy convencida de que te espera un gran futuro en el teatro.

Rachel se quedó mirando a Janet con los ojos muy abiertos y luego dijo con un suspiro:

—Janet, ¿de verdad lo crees?

—¡Lo sé! —se rio la niña—. Pero si no me crees, ¡pregúntale a la señorita Adams! La oí hablando con la directora después de pasar por nuestro ensayo el otro día.

—¿Sí? —saltó Rachel con entusiasmo—. ¿Qué dijo?

Janet, sin embargo, se limitó a sacudir la cabeza y sonrió.

—No voy a contártelo, amiga mía, porque ¡no quiero que se te suban los humos! Lo único que voy a desvelarte es que comparte mi opinión.

Rachel soltó una risa temblorosa y exclamó:

—¡Es increíble! Mira, por primera vez desde que dejé la escuela de teatro no veo el futuro tan negro. Gracias, Janet.

—Me alegro de haber podido serte de ayuda. Y ahora, ¿qué te parece si regresamos al ensayo? Eh, ¿no crees que tus padres estarán encantados cuando vengan a ver la obra y descubran que la autora eres tú?

—Sí, pero... —Rachel se mordió el labio—. Janet, ahora mismo no puedo enfrentarme a las demás. Fern...

—Fern se ha ido —le dijo con una expresión sombría—. Todo el mundo se ha enfadado con ella y se lo ha hecho saber sin tapujos.

—¿En serio? ¿Incluso Alison?

—¡Sobre todo Alison! —le aseguró—. Tienes a una amiga muy leal, Rachel. Oye, he estado pensando. Tú tienes muchas más cualidades para dirigir la obra que Carlota, así que, si a ti te parece bien, voy a sugerir que deje la dirección en tus manos.

—Oh, pero ¡no puedo echar a Carlota así! —exclamó Rachel—. No sería justo.

—Si he de serte sincera, no creo que a ella le importe —opinó Janet—. Así tendrá más tiempo para montar a caballo, que es lo que de verdad parece interesarle.

—Pero ¿y tú? —le preguntó Rachel, mirándola con curiosidad—. Carlota solo te ganó por un voto cuando salió elegida directora. Si alguien debe relevarla en el cargo, esa eres tú.

—Yo no lo haría ni la mitad de bien que tú: ahora lo veo claro —repuso Janet con su franqueza habitual—. Bueno, Rachel, ¿qué me dices?

Rachel se echó a reír: esta vez estaba realmente entusiasmada.

—¡La verdad es que me encantaría! —exclamó—. Pero solo si Carlota está de acuerdo.

—Vale —dijo Janet—. Hablaré con ella en cuanto vuelva.

¡Qué lástima que con Carlota Janet careciera del tacto que había tenido con Rachel! Cuando la delegada regresó, le dijo:

—¿Podría hablar un momento contigo en la sala comunitaria?

—Si es rápido... —respondió Carlota—. ¡Me muero de hambre!

La sala comunitaria estaba vacía cuando las dos niñas entraron, porque casi todas las demás ya se habían ido al comedor a tomar el té.

—Esta tarde te has perdido un buen espectáculo —empezó a decirle Janet y enseguida la puso al día sobre la pelea que habían tenido Fern y Rachel.

Carlota la escuchó, asombrada, y cuando Janet terminó su relato, exclamó:

—¡Vaya! ¡Esa Fern es un mal bicho! ¡Pobre Rachel! ¿Está bien?

—Ahora sí —respondió Janet y a continuación le repitió la conversación que había tenido con Rachel.

—Bueno, Janet, creo que has sabido aconsejarla bien —resolvió la delegada con sinceridad—. ¡Te felicito!

—Muchas gracias —repuso la niña—. Oye, no te importará que hayamos hecho un ensayo improvisado sin ti, ¿verdad?

—¡Por supuesto que no! —se rio Carlota—. Estoy convencida de que Rachel lo ha hecho muy bien.

—Así es —confirmó Janet, mirándola con los ojos entornados—. Más que bien. El caso es que Rachel y yo hemos decidido que tal vez sería mejor que fuera ella quien se encargase de dirigir la obra.

Carlota estaba consternada y también un poco molesta. La verdad es que se había planteado la posibilidad de poner la dirección en manos de Rachel, pero una cosa era tomar ella la decisión y otra muy distinta que le arrebataran el cargo de ese modo.

—Vaya, ya veo que habéis estado muy ocupadas a mis espaldas. ¿Habéis tramado algo más en mi contra?

—Oh, Carlota, ¡no seas melodramática! —se rio Janet—. ¡Nadie está tramando nada en tu contra! Solo queremos lo mejor para la obra. ¡Seguro que tú querrás lo mismo!

—¡Por supuesto! —coincidió la delegada, molesta—. Pero me habría gustado que me hubierais pedido la opinión en lugar de comunicármelo cuando ya estaba decidido. La verdad, Janet, ¡cualquiera diría que la delegada de la escuela eres tú!

A Janet se le subieron los colores.

—Bueno —dijo con frialdad—, no puedes echarme en cara que a veces me olvide de que tú lo eres: parece que lo único que te importa de verdad es pasar el rato en casa de Libby. Deberías haber sido tú quien hubiera consolado a Rachel esta tarde, pero, como no estabas aquí, me he visto obligada a intervenir.

—¡No es cierto que solo me importe estar con Libby! —exclamó Carlota atónita y bastante enfadada—. ¿Cómo iba yo a saber que esta tarde iba a haber una discusión? Creo que no estás siendo razonable, Janet.

Y, de repente, Carlota se dio cuenta de que a partir de entonces no tendría ninguna vinculación con la obra de tercero. No se había molestado en presentarse a las pruebas de selección de ninguno de los papeles, porque había dado por sentado que estaría demasiado ocupada con la dirección, y, ahora que se la arrebataban de las manos, iba a quedar fuera de la obra.

—No me extrañaría nada que hubieras planeado todo esto para quitarme del medio —dijo perdiendo el control—. Este trimestre no me has apoyado en nada y has aprovechado cualquier oportunidad para desautorizarme.

—¡Qué tontería! —replicó Janet un poco avergonzada: no le había prestado a Carlota el apoyo que se merecía y había dejado que esos horribles celos la dominaran—. Puedes hacer el papel de Fern —le propuso con un tono conciliador.

Carlota, ahora ya más calmada, hizo caso omiso y le soltó:

—¡Creía que la que iba a dirigir era Rachel, no tú! Eso debería decidirlo ella... O ¿acaso piensas utilizarla para que acate tus órdenes?

Los ojos de Janet echaban chispas y fulminó a Carlota con la mirada. Todos sus pensamientos de reconciliación se esfumaron. Y, en medio de toda esa tensión, apareció Rachel. Enseguida se dio cuenta de que estaba interrumpiendo una pelea, así que dijo algo nerviosa:

—Disculpad. Es que estaba buscando a Alison.

—Creo que debe de haber ido a tomar el té —dijo Janet—. Que es justo lo que querría hacer yo, en lugar de estar aquí perdiendo el tiempo.

Y, después de lanzarle a Carlota una última mirada matadora, salió de la habitación.

La delegada de la clase se recordó a sí misma que la discusión no la había tenido con Rachel, así que, ofreciéndole una sonrisa generosa, le dijo alegremente:

—¡Así que vas a ser nuestra nueva directora! ¡Felicidades!

—Bueno, ha sido más bien idea de Janet —titubeó Rachel, que adivinó el dolor que Carlota trataba de esconder detrás de esa actitud alegre fingida—. Ya le he dicho que solo lo tendría en cuenta si a ti no te importaba, pero me temo que te ha molestado, ¿verdad, Carlota? Por eso estabais discutiendo. ¡Eso es justo lo que me daba miedo! Voy a hablar enseguida con Janet para decirle que renuncio.

—¡No vas a hacer nada de eso! —exclamó Carlota, dándole a Rachel una palmada en el hombro y olvidándose de la pelea—. Janet y yo no acabamos de entendernos últimamente, pero ambas coincidimos en que eres la persona perfecta para este trabajo.

—¿Estás segura? —insistió Rachel, no del todo convencida.

—Completamente —repuso Carlota con aplomo—. Por cierto, siento mucho lo que ha ocurrido hoy con Fern y aún siento más no haber estado aquí para hacerme cargo de la situación. Pero no te preocupes, me ocuparé personalmente de que se disculpe contigo.

Rachel se echó a reír.

—Ya sé que no era esa su intención, pero en realidad Fern me ha hecho un favor. ¡Me siento mucho mejor ahora que mi oscuro secreto ha salido a la luz!

—Me alegro —dijo Carlota con sinceridad.

Pero estaba resuelta a conseguir que Fern se disculpara. Tal vez ya no fuera la directora de la obra, pero seguía siendo la delegada.

CAPÍTULO 14

Una disculpa... y un cumpleaños

Y FERN SE DISCULPÓ CON RACHEL. NO PORQUE Carlota se lo dijera ni tampoco porque tuviera la sensación de haber hecho nada mal. Solo quería arreglar las cosas con Alison, que la había tratado con frialdad desde ese fatídico ensayo. Tal como Pat le había dicho a su hermana gemela:

—Al menos, este horrible asunto ha servido para algo positivo: ahora Alison ve a Fern tal como es en realidad.

Isabel asintió con la cabeza.

—Pobre Alison. Creo que se llevó una sorpresa al descubrir la arpía que puede llegar a ser Fern.

Lo cierto era que Alison se había quedado de piedra. Tal vez fuera algo frívola, pero no había ni pizca de maldad en ella y se le rompió el corazón cuando fue testigo del comportamiento de Fern.

El lunes por la mañana, Fern llegó a la escuela temprano y, cuando vio que Rachel salía del comedor después de desayunar, la abordó y le ofreció una disculpa muy bien articulada.

Rachel la aceptó amablemente y a varias de las alumnas de tercero que estaban allí presentes se les ablandó un poco el corazón: al menos había tenido la decencia de tratar de arreglar las cosas. Alison hizo las paces con Fern porque le encantaba poder tener a alguien con quien hablar de moda y de peinados, temas en los que Rachel no estaba interesada. A pesar de ello, las dos amigas no consiguieron recuperar la conexión que habían tenido en un principio. Alison era consciente de que su amistad había quedado afectada y no estaba segura de que pudieran repararla. Aun así, tuvo que reconocer que Fern estaba poniendo todo su empeño en intentarlo Además, quería conseguir que todas se olvidasen de aquel terrible episodio, y para ello fue extremadamente amable con todas las alumnas de tercero en los días siguientes —incluso con Carlota—, y muy cariñosa con Rachel.

Cuando Doris, que se había quedado sin blanca, necesitó dinero para mandar a arreglar su raqueta de tenis, Fern se lo prestó. Luego, cuando Gladys pilló la gripe y no pudo participar en un importante torneo de tenis entre varias escuelas, Fern fue la primera en visitarla en la enfermería. Y cuando Rachel, que se sentía con la obligación moral de apoyar a Janet, le comunicó a Fern que

Carlota iba a interpretar su papel en la obra, se lo tomó muy bien. Todas creían que se enfurruñaría y le daría un berrinche, e incluso que tal vez soltaría algunas lágrimas, pero, en lugar de eso, Fern dijo con una sonrisa encantadora:

—Estoy segura de que Carlota interpretará el papel de maravilla. Tal vez pueda ayudar entre bastidores la noche de la obra, con el maquillaje y los peinados. Se me dan bastante bien estas cosas, si se me permite decirlo.

—Gracias, Fern —repuso Rachel, sorprendida y complacida por lo bien que se había tomado la noticia—. Eso sería de gran ayuda.

—Hay que reconocer que Fern ha superado la situación de forma ejemplar —le dijo Bobby a Janet—. Quizá no la juzgamos bien.

Sin embargo, Janet, que era realmente lista y veía venir las cosas a la legua, no estaba tan segura.

—La verdad, no acaba de inspirarme confianza —confesó—. Claro que tal vez me equivoque: ¡el tiempo lo dirá!

El cumpleaños de las gemelas estaba a la vuelta de la esquina y las alumnas de tercero se entregaron a la emocionante labor de planear la fiesta para celebrarlo.

—¡Abramos la cesta de comida que mamá nos trajo a mitad de trimestre! —propuso Isabel—. Así sabremos exactamente con qué contamos y qué cosas hay que comprar.

Las demás alumnas de tercero se apiñaron alrededor, expectantes, mientras las gemelas abrían la enorme caja.

—¡Uau! ¡Fijaos en esto! ¡Menudo banquete! —exclamó Doris—. ¡Aquí hay suficiente para celebrar dos fiestas de medianoche!

—¡Gambas enlatadas! —gritó Janet extasiada—. ¡Me encantan!

—Y atún, piña, pastel de frutas —prosiguió Hilary—. ¡Y esos bombones tienen una pinta deliciosa!

—Mis abuelos nos mandaron algo de dinero, así que además podremos comprar un buen pastel de cumpleaños —anunció Pat muy contenta.

—Bueno, las demás también tenemos que contribuir de algún modo —opinó Bobby—. Es lo justo. ¡Janet y yo compraremos la limonada!

—Y yo me encargaré de conseguir velas para el pastel —se ofreció Mirabel.

Una a una, todas prometieron llevar algo a la fiesta. Luego, Rachel dijo:

—Ahora ya solo nos queda decidir cuándo y dónde.

—El cuándo es fácil —repuso Isabel—. Viernes, el día de nuestro cumpleaños. ¿Qué tal si damos la fiesta en uno de los dormitorios?

—Sería mejor en la sala comunitaria —resolvió Carlota—. Como está más alejada de las habitaciones de las profesoras, en lugar de susurrar podremos hablar con normalidad.

—¡Tengo tantas ganas de que llegue el viernes! —exclamó Libby encantada—. Mi fiesta estuvo muy bien, pero una celebración secreta a medianoche sin adultos será fantástica.

—¿Sabéis ya Fern y tú cómo os las vais a arreglar para salir de casa por la noche? —preguntó Janet.

—Será pan comido —aseguró Fern muy tranquila—. Nuestro dormitorio y el de mis tíos están cada uno en un extremo del rellano y tanto la tía Polly como el tío Tom duermen como lirones. Bajaremos la escalera de puntillas y saldremos por la puerta trasera.

—Sí, la habitación de mis padres da a la parte delantera de la casa, así que no hay riesgo de que se despierten —añadió Libby—. Dejaremos la puerta abierta para poder entrar luego. Mi hermano se muere de envidia con lo de la fiesta: va a una escuela de día y allí no es posible celebrar nada parecido.

—¿No me digas que le has hablado de ello? —saltó Janet—. Espero que sepa guardar un secreto. ¡El mío es un bocazas!

—Will no dirá nada —la tranquilizó Libby—. Es genial. Claro que tendré que sobornarlo con un pedazo de tarta.

—Creo que podremos prescindir de un trocito —se rio Pat—. ¡Ya no falta nada! ¡Estoy tan impaciente!

Durante los días siguientes, todas encontraron el momento de escaparse al pueblo a comprar lo necesario para la fiesta, y las gemelas lo escondieron todo en un armario que había cerca de la sala comunitaria.

—Se me hace la boca agua al ver tantas cosas deliciosas —dijo Isabel—. Oh, ¡fíjate! ¡Salchichas envueltas en hojaldre! ¡Qué ricas! ¡Siempre digo que en una fiesta como Dios manda tiene que haber salchichas!

La víspera de la celebración, Fern se acercó a Pat con una caja enorme.

—La tía Polly ha estado preparando pasteles —le explicó—, y me ha dicho que podía coger algunos para tu fiesta. Oh, tranquila, no le he dicho que iba a ser a medianoche. Cree que la celebraremos a la hora del té.

—¡Genial! —exclamó Pat levantando la tapa para echarles un vistazo a los pastelitos: estaban todos cubiertos de un glaseado rosa y blanco—. ¡Tienen una pinta deliciosa! Gracias, Fern... Y ¡dale también las gracias a tu tía!

—Por supuesto —repuso la niña complacida—. Me muero de ganas de celebrar esta fiesta, Pat.

Y era verdad. Aunque las razones de la impaciencia de Fern no tenían nada que ver con las de las demás. ¡Ella quería echar a perder la fiesta! Había urdido un plan y estaba convencida de que nadie sospecharía de ella, sobre todo después del comportamiento impecable que había tenido los últimos días. Y si todo salía como esperaba, Carlota dejaría de ser muy pronto la delegada. Al menos perdería sus privilegios y se quedaría encerrada en la escuela durante algún tiempo, lo cual estaría muy bien, pensó Fern, porque así no seguiría presentándose en Los Robles cada dos por tres, ni haciéndoles la pelota a sus tíos, por no hablar de Will. Pasara lo que pasara, Fern pensaba salir vencedora de ese episodio.

La mañana del día de la fiesta, había dos niñas que no estaban con las demás. Una de ellas era Carlota, que se había levantado con un horrible dolor de garganta, se sentía muy débil y tenía temblores. Hizo de tripas corazón y bajó a desayunar, pero la señorita Adams enseguida vio que no se encontraba bien y la mandó a ver a la gobernanta.

—Has pillado esta horrible gripe de verano que ronda por la escuela —dijo la mujer después de haberla examinado y haberle tomado la temperatura—. Tendrás que quedarte unos días en cama y tomarte esta medicina, querida.

—¡No, gobernanta! —protestó Carlota.

Pero la mujer ya estaba desenroscando el tapón del frasco de jarabe y, después de llenar la cuchara, no paró hasta que la niña se lo tragó.

—¡Puaj! —soltó Carlota haciendo una mueca—. ¡Es horrible!

—Te vendrá muy bien —aseguró la gobernanta—. Y ahora ponte el pijama y métete en la cama. Esta gripe es muy molesta, pero no acostumbra a durar más de un par de días. Con suerte, estarás de vuelta el lunes.

Carlota se quedó petrificada y la miró con horror.

—Pero, gobernanta, ¡no puedo pasarme el fin de semana en cama! —exclamó—. Mañana iba a montar a caballo con Libby y tenía tantas ganas de...

La muchacha se calló y se mordió el labio: casi se le escapa lo de la fiesta de medianoche.

—¿Tenías tantas ganas de qué? —la instó la gobernanta.

—Oh... De darme un chapuzón esta tarde.

—¿Un chapuzón? ¿Esta tarde? —gritó la mujer llevándose las manos a la cabeza, horrorizada—. ¿Con el frío que hace? ¡Ni hablar! Y ahora haz lo que te he dicho, Carlota.

Esta suspiró y se dio por vencida: sabía que, cuando la gobernanta había tomado una decisión, era inútil discutir. Pero ¿por qué había tenido que ponerse enferma justamente ese día? ¡Qué mala suerte!

La otra enferma era Fern (aunque, en su caso, padecía una enfermedad fingida que formaba parte de un plan urdido cuidadosamente para estropear la fiesta de tercero).

—¡Dios mío, estás muy colorada! —exclamó la señora Francis.

Poco se imaginaba la mujer que el color de las mejillas de su sobrina se debía más a la emoción que a la enfermedad.

—Oh, tía, ¡es que me encuentro muy mal! —gimió Fern.

Las alumnas de tercero, que tanto se habían reído de su falta de talento para la interpretación, se habrían quedado de piedra si hubieran presenciado aquella actuación; y su tía se la tragó.

—Tal vez debería llamar al doctor —dijo muy preocupada.

—¡Oh, no, tía Polly! —se apresuró a exclamar Fern—. Estoy segura de que si hoy me quedo en cama enseguida estaré mejor.

—Está bien, cariño —repuso la señora Francis—. Libby, por favor, dile a la señorita Adams que tu prima no se encuentra bien.

Libby asintió y, en cuanto su madre hubo salido de la habitación, susurró:

—Fern, te vas a perder la fiesta de esta noche. ¡Qué pena!

—Lo sé —gimió la niña, como si realmente se hubiera llevado una decepción—. Pero es que me encuentro fatal...

Después de que su prima se marchase a la escuela, Fern se acomodó sobre las almohadas y cogió un libro. ¡Le esperaba un día largo y aburrido sin nadie con quien hablar! Pero ¡iba a valer la pena!

A las alumnas de tercero les supo muy mal que sus dos compañeras no pudieran asistir a la fiesta, pero, en un día como aquel, el del cumpleaños de las gemelas, nada podía empañar su alegría durante mucho tiempo. Las mellizas estaban encantadas con los regalos que sus amigas les habían hecho y les costó horrores concentrarse en clase. Por supuesto, todas las profesoras sabían que era el cumpleaños de las dos hermanas y trataron de ser más permisivas de lo habitual, pero incluso la bondadosa de Mademoiselle perdió los nervios cuando, después de haberse dirigido tres veces a Isabel, siguió sin obtener respuesta. Isabel estaba mirando por la ventana, pensando en la fiesta de esa noche. Al final, Mirabel le dio con el codo e Isabel volvió la cabeza, sorprendida, y vio a Mademoiselle fulminándola con la mirada.

—Oh, lo siento, Mademoiselle. ¿Me hablaba usted a mí? —le preguntó.

—¡Te he llamado tres veces! Y me has ignorado las tres. No lo entiendo, Isabel. ¡No es propio de ti tener la cabeza en los cielos!

—Quiere usted decir en las nubes, Mademoiselle —la corrigió Hilary con una sonrisa.

—Cielo, nubes, ¡eso da igual ahora! —exclamó la profesora de francés con impaciencia—. ¡Sé muy bien en lo que estás pensando, Isabel, y no está bien!

La niña se la quedó mirando con los ojos muy abiertos. ¿Cómo era posible que se hubiese enterado de lo de la fiesta de medianoche?

—¡Sí, sí! —prosiguió Mademoiselle—. Piensas en todos los regalos de cumpleaños y las tarjetas de felicitación que vas a recibir. Sí, y en un enorme pastel repleto de velas. Muy bien, *ma petite,* pues hay un momento para cada cosa y mi clase no es momento para pensar en todo eso, ¿entendido?

En cuanto vio que Mademoiselle no sabía nada de la fiesta, Isabel repuso aliviada:

—Sí, Mademoiselle.

Después de eso, la muchacha se esforzó en concentrarse, pero le resultó muy difícil. ¡Cuántas ganas tenía de celebrar esa fiesta!

CAPÍTULO 15

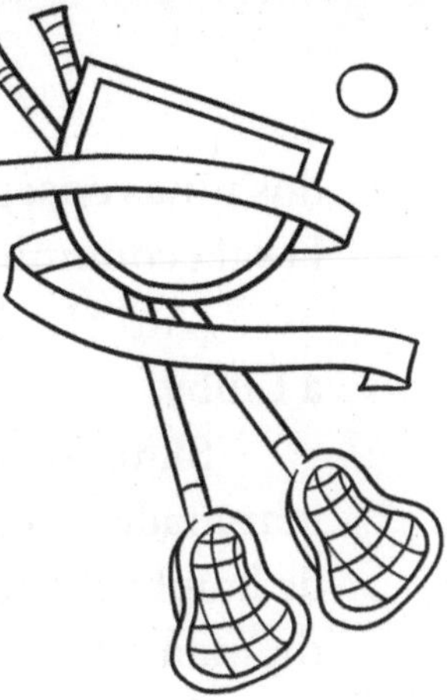

La fiesta de medianoche

POR FIN LLEGARON LAS DOCE DE LA NOCHE Y SONÓ el pequeño despertador que Janet había puesto debajo de la almohada para amortiguar el ruido. La niña se levantó de la cama y fue despertando a sus compañeras una a una, sacudiéndolas con delicadeza y susurrando:

—¡La fiesta de medianoche!

—Vamos, dormilona, ¡ya es la hora!

—¡Bobby! ¡Bobby, despierta de una vez!

Luego Pat entró a hurtadillas en el dormitorio de al lado para avisar a las que dormían allí. Las alumnas de tercero no tardaron en dirigirse con sigilo a la sala comunitaria. Las gemelas se encargaron de coger toda la comida del armario con la ayuda de Bobby y Janet, y Hilary se encaminó a la puerta lateral donde debía esperar a Libby. Por suerte, no tardó mucho en llegar y las dos niñas enseguida fueron a reunirse con las demás en la sala comunitaria.

—¡Ah! ¡Lo has conseguido! ¡Qué bien! —le dijo Pat a Libby.

—Sí, todo el mundo estaba dormido cuando me he marchado —respondió con una sonrisa—. Y ¡me muero de hambre! A la hora del té, cuando no he querido repetir, mamá ha creído que me encontraba mal.

—Bueno, pues ¡a comer! —propuso Isabel—. Mirabel, encárgate de ir sirviendo los platos, ¿quieres? Y ¡trata de no llenarlo todo de migas! Gladys, tú podrías abrir esa lata de atún.

Entre todas enseguida prepararon la comida y ¡disfrutaron de una fiesta fantástica!

—¡Ñam! ¡Estas gambas están buenísimas! —exclamó Doris encantada.

—¡Y la piña, también! —dijo Pat—. ¡Y aún más si la mojas en la limonada! Ya verás, ¡pruébalo, Isabel!

—Qué lástima que Carlota y Fern se hayan perdido toda la diversión —suspiró Libby.

—Sí, qué mala suerte han tenido —se lamentó Isabel—. Esta tarde, Pat y yo hemos ido a ver a Carlota unos minutos y estaba realmente deprimida. Le hemos prometido que le guardaríamos un pedazo de tarta y parece que eso la ha animado un poco. Te reservaremos un poco para que se la lleves a Fern.

—Menos mal que habéis comprado una tarta gigante —dijo Alison, mirando el enorme pastel de color crema recubierto de rosas de azúcar—. No os olvidéis de que también le habíais prometido un pedazo a Will. Rachel, sirve un poco más de limonada y haremos el brindis mientras las gemelas cortan el pastel.

Encendieron las velas y, cuando las dos hermanas las hubieron apagado, se pusieron a cortar la tarta en pedazos enormes mientras las demás bebían limonada a su salud.

—¡Feliz cumpleaños, gemelas!

—¡Y que cumpláis muchos más!

Mientras las alumnas de tercero disfrutaban de la fiesta, Fern había abandonado su cama. La niña cruzó el rellano de puntillas y se detuvo un momento delante del dormitorio de sus tíos para escuchar desde detrás de la puerta. Al comprobar que el único sonido que se oía eran los ronquidos de su tío Tom, se quedó tranquila. También reinaba el silencio en la habitación de Will, así que decidió bajar las escaleras con sigilo. Cuando llegó al salón, la asaltaron los remordimientos: era una lástima que Libby y Alison se vieran mezcladas en todo eso y acabaran teniendo problemas también. Pero Fern detestaba tanto a Carlota y le tenía tantos celos que debía hacer algo, y si por el camino tenían que sufrir terceras personas, ¡mala suerte! Además, ya encontraría el modo de compensar a Libby y a Alison.

Fern, por supuesto, no sabía que Carlota estaba en la enfermería y que, por tanto, no había acudido a la fiesta. De haberlo sabido, ¡les habría ahorrado un montón de problemas a las de tercero... y a ella misma! Entonces se acercó al teléfono, levantó el auricular y marcó un número.

Esa noche la señorita Theobald había salido y fue Mademoiselle, que tenía la costumbre de trasnochar, quien oyó sonar el teléfono del despacho de la directora.

—*Tiens!* —exclamó extrañada—. ¿Quién llamará a estas horas?

La mujer entró en el despacho y levantó el auricular.

—*Allo?* —dijo.

—¿Señorita Theobald? —preguntó una voz profunda y sofocada desde el otro lado de la línea.

—La señorita Theobald no está aquí —aclaró Mademoiselle—. ¿Quiere que le deje algún mensaje?

Fern reconoció la voz de la profesora de francés y sonrió para sí. ¡Mucho mejor! Mademoiselle tenía muy mal genio y era muy estricta en lo que se refería a los horarios de descanso de las alumnas: debían dormir las horas necesarias y estar en cama cuando se apagaran las luces. ¡Carlota iba a tener problemas!

—Creo que debería usted saber que ahora mismo las alumnas de tercero están celebrando una fiesta en su sala comunitaria —dijo Fern falseando la voz.

Mademoiselle soltó un grito ahogado y preguntó:

—¿Quién es usted? ¿Cómo tiene esta información?

Pero no hubo respuesta: Fern había colgado, satisfecha con lo que había hecho.

Mientras, Mademoiselle frunció el cejo, enfadada, preguntándose quién podía ser ese acusica anónimo y cobarde. ¡Qué poco le gustaba ese tipo de personas rastreras! Pero tampoco era plato de su gusto esa costumbre inglesa de celebrar fiestas a medianoche. ¿Cómo esperaban las niñas rendir en clase si se pasaban la noche despiertas? ¡Ah, eso no habría pasado nunca en su querida Francia! De repente, Mademoiselle se acordó de que había sido el cumpleaños de las gemelas; y también recordó lo despistada que había estado Isabel en clase y el nerviosismo que había flotado en el ambiente durante toda la mañana. No cabía duda de que la persona que había llamado había dicho la verdad.

—*Méchantes filles!* —soltó la mujer por lo bajo, furiosa.

Luego salió al pasillo y pensó: «¡Menuda sorpresa se van a llevar esas granujas!».

Pero las integrantes de la fiesta no fueron las únicas que se sorprendieron: cuando Fern colgó el teléfono con una sonrisa triunfante en el rostro, oyó un ruido detrás de sí y, al volverse, se encontró con Will. Y, a juzgar por la cara que ponía, ¡había oído hasta la última palabra!

—¡Eres una chivata asquerosa! —le dijo con desdén—. ¿Cómo has podido hacer algo así? ¡Delatar a tu propia prima! ¡Es la cosa más rastrera que he visto nunca!

Fern se quedó más blanca que el papel al oír el desprecio que había en sus palabras.

—¡No quería hacerle ningún daño a Libby! Yo... —tartamudeó.

—No, ya sé a quién querías hacerle daño: ¡te he calado! —siseó Will hecho una furia—. ¡A Carlota! Porque le tienes envidia. ¡Bien, pues esta vez has llegado demasiado lejos, Fern!

Y, dicho esto, se dio media vuelta y se encaminó hacia la puerta.

—¿Adónde vas? —suspiró la niña con voz ronca.

—Me voy a caballo al Santa Clara para sacar a Libby de este lío —le respondió—. Y mañana por la mañana tú tendrás que dar algunas explicaciones. Solo espero que mis padres no se enteren de nada de esto, porque, si eso sucede, te aseguro de que yo mismo me encargaré de que sepan lo que has hecho, ¡chivata!

Y, después de darle la espalda a su prima, Will salió de la casa con sigilo y corrió hacia los establos. Por suerte, Carlota le había enseñado a montar sin silla, así que no tuvo que perder el tiempo ensillando el caballo. Al cabo de unos segundos, ya cabalgaba hacia el Santa Clara. No tenía ni idea de lo que haría en cuanto estuviera allí, pero no podía quedarse sentado con los brazos cruzados mientras su hermana y Carlota se encontraban en apuros.

Will estuvo de suerte, porque Mademoiselle tuvo un contratiempo cuando se encaminaba al otro extremo del edificio, donde estaba la sala comunitaria: cuando ya había recorrido la mitad del camino, de repente cayó en la cuenta de que se había dejado encendida la luz del despacho de la directora. La mujer soltó una exclamación de fastidio y volvió sobre sus pasos. Luego se tropezó con uno de los gatos de la escuela, a los que no les gustaba estar encerrados en noches cálidas como aquella. El animal reclamaba con tanta insistencia que lo dejaran salir que amenazaba con despertar a todo el mundo, así que la profesora de francés tuvo que entretenerse en abrirle la ventana. Gracias a todo eso, Will ganó unos minutos valiosísimos.

Después de llegar a la escuela y atar el caballo a la verja de la entrada, Will atravesó el jardín a la carrera. Como el día de la celebración de mitad de trimestre Libby le había enseñado la sala comunitaria de tercero, pudo ir directamente a la ventana correcta. Todas las chicas estaban allí sentadas, comiendo bombones, contando chistes y partiéndose de risa. De repente, oyeron un ruido tenue procedente de la ventana. Dejaron de reírse en seco. Alison se agarró a Rachel, aterrorizada, y Gladys pegó tal brinco que derramó toda la limonada encima de su camisón.

—¿Qué ha sido eso? —preguntó Isabel asustada.

El ruido se repitió y las muchachas, aterradas, se miraron unas a otras con los ojos muy abiertos.

—Tal vez sea un ladrón —sugirió Doris con la voz temblorosa.

—¡No digas tonterías! —replicó la sensata Bobby—. ¡Los ladrones no llaman!

Y, después de ponerse en pie, se acercó a la ventana y corrió las cortinas.

—Pero ¡si es tu hermano, Libby! —exclamó.

La niña se acercó a ella, desconcertada, y abrió la ventana.

—Will, ¿qué pasa? Oh, no me digas que papá y mamá han descubierto que no estoy en casa.

El muchacho sacudió la cabeza y se apresuró a decir:

—Tienes que venirte conmigo ahora mismo, Libby. Una de las profesoras sabe que estáis celebrando una fiesta y ya viene de camino.

Todas ahogaron un grito, horrorizadas, y luego se oyó:

—Pero ¿cómo lo han descubierto?

Y a continuación:

—¿Cómo sabes tú eso, Will?

—Ahora no hay tiempo para explicaciones —se apresuró a advertir el chico—. Libby os lo aclarará todo mañana. Vamos, ¡salta por la ventana!

—¡No! —le espetó ella con cabezonería—. Yo he participado en la fiesta, así que si van a pillarnos, debería compartir el castigo con las demás.

Y entonces todas oyeron ruido de pasos acercándose por el pasillo... ¡El tipo de ruido que solo podían hacer los enormes zapatos planos de Mademoiselle!

—Libby, este no es momento de heroicidades —le susurró Janet casi empujándola por la ventana—. Nos caiga el castigo que nos caiga, será diez veces peor si te encuentran aquí. ¡Por Dios, vete ya!

Libby comprendió que tenía razón y, después de encaramarse rápidamente al alféizar de la ventana, saltó al jardín justo cuando la puerta se abría de par en par y Mademoiselle hacía su aparición. Los dos hermanos oyeron la bronca descomunal de la profesora de francés mientras cruzaban corriendo los jardines.

—¡Vaya! ¡No me gustaría estar en su lugar! —murmuró Will. Y entonces se detuvo en seco y tiró de su hermana para que se detuviera—. ¡Carlota! —exclamó—. ¡Me había olvidado de ella! No la he visto en la sala comunitaria. ¿Dónde está?

—Oh, Carlota está en la enfermería —aclaró Libby—. Esta mañana se ha puesto enferma y la pobre no ha podido asistir a la fiesta.

—Pues ¡menos mal! —exclamó el muchacho arrancando a caminar de nuevo—. Así que a Fern le ha salido el tiro por la culata.

—¿Qué? —gritó Libby agarrando a su hermano del brazo—. ¿Me estás diciendo que Fern está detrás de todo esto?

En el silencio de la noche, su voz se oía alta y clara, así que Will le siseó:

—¡Chist, idiota! Conseguirás que la fiera de la profesora de francés salga a buscarnos, ¡y no quiero!

—Entonces dime —lo instó Libby bajando la voz—. ¿Ha sido Fern?

—Sí —confirmó Will con una gravedad nada habitual en él—. Ha telefoneado a la escuela, anónimamente, claro, y se ha chivado. He escuchado ruidos desde el pasillo, así que he bajado las escaleras para investigar y entonces lo he oído todo. ¡Y le he dicho lo que pensaba de ella!

—¡Menuda rata! —murmuró Libby temblando de rabia—. Pues tu bronca no será nada comparada con la que voy a soltarle yo cuando regrese a casa.

Para entonces ya habían llegado a la verja de la entrada. Will acarició el cuello del caballo mientras decía:

—Yo en tu lugar no le diría nada esta noche. Corres el riesgo de que la discusión suba de tono y papá y mamá acaben despertándose. Espera a mañana. Y ahora vamos, súbete detrás y regresemos a casa. No sé a ti, pero a mí tantas emociones me han dejado exhausto.

En ese momento Libby estaba demasiado enfadada como para sentir el cansancio y, mientras el caballo cabalgaba en la oscuridad, no paró de dar vueltas a lo ocurrido. ¿Cómo iba a contenerse y no arremeter contra Fern? ¡No lo sabía!

CAPÍTULO 16

La clase de tercero echa chispas

MADEMOISELLE, POR SUPUESTO, SE PUSO HECHA UNA furia y, antes de mandar a las alumnas de tercero a la cama, les echó una bronca monumental.

—¡Sois de lo que no hay! —les gritó—. Mañana, después del desayuno, recogeréis la sala comunitaria y luego iréis a ver a la señorita Theobald.

—Sí, Mademoiselle —respondieron todas muy sumisas, mientras se metían en la cama abatidas. ¡Menudo final para un día tan hermoso!

—Y ahora me voy —anunció Mademoiselle—. Y si sale aunque solo sea un susurro de alguno de estos dos dormitorios, la semana que viene vais a hacer todas una hora de estudio extra de francés diaria al terminar las clases.

A todas les habría encantado poder hablar de los acontecimientos extraordinarios que habían ocurrido esa noche, pero conocían lo bastante a Mademoiselle como para saber que era capaz de llevar a la práctica su amenaza. Ni una de las chicas, ni siquiera la osada de Bobby, tuvo la valentía de pronunciar una sola palabra después de que la profesora de francés cerrara la puerta tras de sí.

A la mañana siguiente, sin embargo, todas hablaron por los codos mientras ordenaban la sala comunitaria y recogían hasta la última miga del suelo: no quedó ni rastro de la fiesta. Estaban muy cansadas y preocupadas.

—Menos mal que Libby consiguió escapar —dijo Hilary—. Si sus padres hubieran descubierto que había salido de casa en plena noche, aún habría sido peor.

—Y Carlota también se ha salvado —observó Pat—. Al menos en eso hemos tenido suerte.

—Sí, pero hay un par de cosas muy inquietantes —observó Isabel—. ¿Cómo se enteró Mademoiselle de que estábamos celebrando la fiesta? ¿Cómo supo Will que Mademoiselle lo sabía? Y ¿cómo consiguió presentarse aquí tan deprisa? ¡Es todo muy misterioso!

—Supongo que Libby ya debe de haber descubierto lo que sucedió —aventuró Bobby—. Solo hay que tener un poco de paciencia hasta que llegue.

Mientras, en Los Robles, Fern se las había apañado para evitar a su prima. La noche anterior, cuando Libby había regresado a casa después de la fiesta, Fern había fingido que estaba dormida y, esa mañana, no se había despegado ni un momento de su tía, pero, al final, el señor y la señora Francis se marcharon y Fern no pudo seguir eludiendo el enfrentamiento inevitable.

Libby no perdió el tiempo. En cuanto el coche de sus padres arrancó, se abalanzó sobre su prima y le dio un buen empujón.

—¿Qué tienes que decir en tu defensa, chivata asquerosa? —le espetó.

—Lo siento, Libby —musitó Fern cabizbaja—. No pretendía perjudicarte.

—¡No, querías perjudicar a Carlota! Pues tu retorcido plan no funcionó, porque ¡Carlota no acudió a la fiesta! ¡Estaba en la enfermería!

Al oír eso, a Fern empezó a rodarle la cabeza. ¡Había conseguido que sus dos primos la detestaran y todo para nada!

—¡No te entiendo, Fern! —le gritó Libby—. ¡Yo estaba en la fiesta! ¡Tu prima! Por no hablar de Alison, que ¡se supone que es tu mejor amiga! Y, sin embargo, estabas dispuesta a sacrificarnos a las dos para poder perjudicar a Carlota.

Fern ni siquiera intentó defenderse. La verdad es que no había nada que pudiera decir. La niña decidió que si quería persuadir a Libby, lo mejor sería mostrarse arrepentida, así que bajó los ojos y dijo con un tono apagado:

—Tienes razón de estar enfadada conmigo. Y ahora ¿qué vas a hacer?

—No voy a hacer nada —respondió Libby.

Un brillo de satisfacción iluminó los ojos de Fern. ¡Libby no pensaba contarles nada a las demás! Pero Fern había cantado victoria demasiado pronto.

—Dejaré que sean nuestras compañeras de tercero las que decidan cuál será tu castigo —prosiguió Libby con frialdad—. Al fin y al cabo, fue a ellas a quien pilló Mademoiselle y fueron también ellas las que recibieron un castigo, y todo por tu culpa.

—Libby, ¿no pensarás decirles a las demás que fui yo quien estropeó la fiesta? —gritó Fern olvidándose por completo de su fingida actitud sumisa—. ¡No puedes hacer eso! ¡Soy tu prima y me debes lealtad a mí, no a ellas!

—¡No te atrevas a hablarme de lealtad! —gruñó Libby tan implacable que su prima se asustó—. ¡No sabes lo que significa esa palabra! Le he dado muchas vueltas a esto y no veo por qué debería cubrirte. Las demás tienen derecho a saber por qué están en apuros, y puede que si dejan de dirigirte la palabra durante un tiempo, te detengas a pensar en lo ocurrido.

Era tal el convencimiento que había en el rostro de su prima que Fern comprendió que sería inútil tratar de hacerla cambiar de opinión. Pero ¿cómo iba a enfrentarse a toda la clase y soportar su desprecio?

Libby le leyó el pensamiento y le dijo con dureza:

—Piensa que has tenido suerte de que estemos en fin de semana: así no tendrás que encararte a las demás hasta dentro de dos días. Y ni se te ocurra tratar de escaquearte el lunes con la excusa de que vuelves a estar enferma o se lo contaré todo a mamá. Y ahora me voy al Santa Clara. Quiero saber qué ocurrió después de que Mademoiselle irrumpiera en la fiesta.

Las alumnas de tercero, todas muy abatidas después del duro discurso que les había soltado la señorita Theobald esa tarde, estaban impacientes por saber lo que Will había querido contarles y casi saltaron de alegría cuando vieron llegar a Libby, reunidas junto a la piscina.

—¡Hola a todas! —gritó la muchacha—. ¿Qué ha pasado? ¿Estáis todas bien?

—La señorita Theobald dice que no podemos abandonar el recinto de la escuela durante dos semanas —repuso Doris con pesar—. Espera que transcurrido ese tiempo hayamos aprendido a comportarnos de forma más madura y responsable.

—¡Oh, no! ¡Cuánto lo siento! —se lamentó Libby—. Si Will no hubiera aparecido, también me habría pillado a mí.

—Sí. ¿Y qué pasó, Libby? —preguntó Bobby con curiosidad—. ¿Cómo se enteró Will de que Mademoiselle iba a detener la fiesta?

Libby les contó toda la historia y sus compañeras la escucharon, cada vez más enfadadas.

—¡Es una chivata asquerosa!

—¿Cómo es posible caer tan bajo? Se merece que no le hablemos en lo que queda de trimestre.

—¡Se merece algo peor! —soltó Janet—. Si ahora mismo la tuviera delante, ¡la mandaría de cabeza a la piscina!

Janet se sentía especialmente culpable de que la fiesta hubiera ido mal, porque había sido ella quien había provocado a Carlota para que invitara también a las alumnas de día. Libby había escapado por los pelos y si Carlota no hubiera estado enferma, seguro que la habrían hecho responsable de todo lo ocurrido. Janet aún seguía resentida con la delegada, pero, después de haber estado tan cerca del desastre, se había dado cuenta de que no quería que perdiera su puesto.

—Bueno, os dejaré tranquilas para que podáis decidir qué hacer con Fern —resolvió Libby—. Voy un momento a la enfermería, a ver si la gobernanta me deja estar un ratito con Carlota.

—Supongo que necesita que la animen un poco —dijo Isabel—. Pat y yo hemos ido a visitarla esta mañana para darle un pedazo de pastel de cumpleaños, pero estaba dormida, así que hemos tenido que dejárselo a la gobernanta. Dale muchos recuerdos de nuestra parte.

Carlota se encontraba mucho mejor cuando Libby entró en la enfermería, aunque la gobernanta había advertido a Libby que solo se quedara un momento para que su amiga no se cansase demasiado.

—¡Qué agradable ver a alguien distinto a la gobernanta! —suspiró contenta—. Me he aburrido como una ostra durante todo el día y me muero por saber cómo fue la fiesta. Siéntate y cuéntamelo todo, Libby. Seguro que fue fantástico. ¡Cuánto me gustaría haber estado allí!

—Bueno, la verdad es que fue una suerte que no estuvieras —dijo Libby muy seria.

Y, acto seguido, le contó toda la historia de la fiesta fallida y la puso al corriente del papel que Fern había desempeñado en todo ello. Carlota la fue interrumpiendo con exclamaciones y preguntas y, al final del relato, los ojos negros de la delegada casi soltaban chispas.

—¡Así que Fern tenía tantas ganas de fastidiarme que estaba dispuesta a meter en un buen lío a toda la clase! —dijo con una voz grave y temblorosa—. ¡Debe de odiarme mucho!

Carlota estaba dolida y, a la vez, enfadada. No era la primera vez que se tropezaba con los celos y el rencor, pero nunca había conocido a nadie que la odiara tanto como Fern.

Al ver que la niña tenía las mejillas coloradas, Libby se asustó.

—¡No debería habértelo contado aún! —exclamó—. ¡Soy una idiota! La gobernanta me ha advertido que no te alterara, y yo llego y es lo primero que hago. ¡Soy un desastre!

Carlota se dio cuenta de que Libby estaba realmente preocupada, así que hizo un esfuerzo para calmarse e incluso consiguió esbozar una sonrisa.

—Tranquila, Libby —dijo—. No voy a tener una recaída. En realidad, pienso estar en perfecta forma para regresar a clase el lunes... ¡fuerte como un roble!

Antes de que tuviera tiempo de decir nada más, la gobernanta entró en la habitación y echó a Libby. La niña fue a reunirse con las demás, muy pensativa. Libby conocía muy bien a Carlota y, aunque había oído rumores acerca del mal carácter de la delegada, nunca hasta entonces había visto esa mirada fulminante en sus ojos. ¡A Fern le esperaba una buena ese lunes!

Libby, no obstante, no tuvo tiempo de preocuparse de eso entonces, porque al llegar a la piscina, Rachel gritó:

—¡Escuchad todas! Ahora que Libby ha vuelto, ¿qué os parece si hacemos otro ensayo?

Hubo divergencia de opiniones: algunas consideraban que era una idea excelente y otras protestaron.

—Vamos, estaría bien hacer algo que nos ayude a no pensar en las cosas horribles que han pasado últimamente —dijo Rachel con buen juicio—. Y, como en los próximos quince días no podremos ir al pueblo, dispondremos de más tiempo libre, así que ¿qué os parece si lo empleamos en algo positivo? ¡Vamos!

—¿Sabes una cosa? ¡Te estás convirtiendo en una auténtica tratante de esclavos! —dijo Janet riéndose y al mismo tiempo admirando la determinación de Rachel mientras todas se encaminaban a la escuela.

—Puedo ser un auténtico ogro cuando me lo propongo —se rio Rachel—. No tardaréis en suplicarme que le devuelva el puesto a Carlota.

Por supuesto, Rachel no era ningún ogro. Las niñas, motivadas por su entusiasmo y sus dotes de liderazgo, estaban deseosas de facilitarle las cosas y, durante un rato, olvidaron sus preocupaciones (y su enfado) y se entregaron en cuerpo y alma al ensayo.

Después de la clase de estudio, sin embargo, algunas de las alumnas de tercero se reunieron en la sala comunitaria y hablaron del comportamiento de Fern.

—Habrá que darle un buen escarmiento después de lo que ha hecho —dijo Pat—. Solo espero que Carlota esté bien para asistir a clase el lunes: así podrá convocar una reunión para decidir qué hacemos con la chivata.

—Yo ya sé lo que haría —repuso Bobby con aire amenazador—. ¡Es un bicho repugnante!

—Sí, pero tampoco podemos pasarnos —observó Isabel con sensatez—. Eh, Alison, espero que nos apoyes y no dejes que Fern te convenza para que la perdones seduciéndote con su encanto.

—No temas, Isabel —aseguró Alison con una firmeza poco habitual en ella—. ¡Fern no es amiga mía! Y me muero de ganas de ver cómo recibe su merecido el lunes.

CAPÍTULO 17

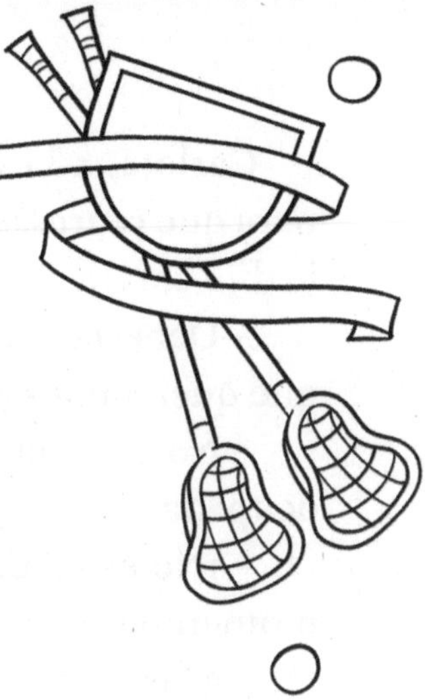

Fern lo pasa muy mal

FERN ESTABA MUY ASUSTADA. ESA MAÑANA HABÍA retrasado la hora de ir a la escuela hasta el último momento y entró de puntillas en el aula apenas segundos antes que la señorita Adams. Las alumnas de tercero no pudieron decirle nada entonces, pero le hicieron saber cuáles eran sus sentimientos sin ambages, con sus miradas fulminantes y sus expresiones de desprecio. Fern recordó el día de las audiciones, cuando retrasó el reloj de los establos para que Carlota llegara tarde. ¡Cuánto le habría gustado poder dar marcha atrás en el tiempo y no haber hecho nunca esa llamada telefónica!

La señorita Adams se llevó una sorpresa cuando Fern, a la que tenía por una alumna mimada y perezosa, se ofreció a ayudarla a ordenar el armario del aula durante el recreo. Cuando llegó la hora de la comida, sin embargo, ya no pudo seguir evitando a sus compañeras.

Carlota, a la que la gobernanta había dado el alta para que regresase a clase, se acercó a Fern en el patio y le dijo con frialdad:

—Deberías venirte a la sala comunitaria. Hay algo que querríamos decirte.

—No... No puedo venir —tartamudeó—. Estoy muy ocupada.

—¡No es verdad! —gritó Libby, que apareció en ese momento—. Solo tratas de escabullirte para no enfrentarte a las demás. Vas a venirte ahora mismo: no nos des motivos para avergonzarnos de ti más de lo que ya lo estamos.

A Fern le dio un vuelco el corazón. No tenía más remedio que acompañar a las dos niñas. Y aún se sintió peor cuando, al entrar en la sala comunitaria, se vio rodeada de un montón de rostros fríos y hostiles. Fern miró a Alison con la esperanza de encontrar una chispa de simpatía en sus ojos, pero su antigua amiga la fulminó con la mirada.

Carlota se puso en pie dispuesta a dirigirse a la audiencia. Estaba muy enfadada, pero puso todo su empeño en controlarse, en evitar estampar el pie contra el suelo o dar rienda suelta a la rabia que sentía en su interior, como habría hecho hacía solo un par de trimestres. Ahora era la delegada de la clase y, como tal, iba a manejar ese asunto con la dignidad que exigía su puesto. Y lo cierto es que su comportamiento sorprendió e impresionó a todo el mundo.

—Ya sabes por qué estás aquí, Fern —empezó a decir mirando a su compañera con desdén—. La otra noche nos la jugaste a todas y te mereces un castigo.

Fern estaba muy asustada, pero el desprecio que había en la voz de Carlota le dolió tanto que replicó:

—¡No serás tú quien me castigue! Ni siquiera estabas en la fiesta, así que ¡no tiene nada que ver contigo!

—Oh, ¡claro que sí! —saltó Pat hecha una furia—. Todas sabemos que lo planeaste todo para perjudicar a Carlota, porque le tienes envidia.

—¿Envidia? —repitió con aire burlón, antes de soltar una carcajada—. Pero ¡qué tontería! Carlota es vulgar, despreciable...

Pero las demás no la dejaron continuar: un coro de protestas airadas ahogó su voz.

—¡Aquí la única despreciable eres tú! ¡Chivata!

—¡Tú a Carlota no le llegas a la suela del zapato!

La delegada soltó entonces una risa de desprecio. Los insultos de Fern no significaban nada para ella.

—El castigo te lo impone toda la clase, no solo yo —le aclaró a la niña con dureza—. Lo hemos hablado y todas estamos de acuerdo en lo que hay que hacer. Así que, a partir de ahora, no te dirigiremos la palabra, Fern. Ninguna de nosotras desea ni hablar contigo ni tener nada que ver contigo. No queremos que aparezcas por aquí los fines de semana ni que participes en ninguna de las actividades extraescolares. Que cambiemos de opinión hacia finales de trimestre dependerá de lo bien que hayas aprendido la lección o de que realmente te sepa mal lo que has hecho.

Ese momento fue el principio de un período espeluznante para Fern. Nadie la había tratado así en toda su vida. Era muy duro tener que enfrentarse al silencio y a las miradas indiferentes allí adonde fuera, y aún más no poder hablar ni bromear con nadie. Y, en casa, la situación no era mejor: allí tenía en contra a Libby y a Will, y las únicas personas que le dedicaban una palabra amable de vez en cuando eran la tía Polly y el tío Tom. Un día se tropezó con Alison en el pasillo. Su prima estaba sola y Fern, desesperada por recibir una sonrisa u oír una palabra agradable, se le acercó.

—¡Alison! ¡Lo siento! —le dijo abriendo los ojos como platos y poniendo todo su empeño en parecer sincera—. Ya sé que lo que hice fue horrible y lo que más desearía en el mundo es arreglar las cosas entre nosotras.

Carlota y Rachel doblaron la esquina justo a tiempo de oír las últimas palabras de esa súplica. Alison se volvió hacia ellas y les preguntó con una mirada de desconcierto:

—¿Alguna de vosotras ha oído algo?

Rachel sacudió la cabeza.

—Nada de nada —dijo.

—Yo tampoco —añadió Carlota—. ¡Debe de haber sido el viento!

Y, a continuación, las tres prosiguieron su camino,

mientras Fern se las quedaba mirando, dividida entre la desesperación y la rabia. La niña estaba convencida de que, de no haber sido por la horrible Carlota y la insoportable de Rachel, Alison habría hecho las paces con ella. ¡Había sido culpa de esas dos! En realidad, ellas eran las responsables de todas las cosas malas que le habían pasado desde que había puesto los pies en esa escuela espantosa. Fern, envidiosa y más bien boba, ¡no se daba cuenta de que su peor enemiga era ella misma!

Solo quedaba una semana para que terminara el trimestre y los preparativos para la obra iban viento en popa. Todas se sabían sus papeles de memoria, los trajes estaban prácticamente terminados y las invitaciones escritas a mano ya se habían mandado a los padres de las alumnas de tercero. Y entonces, de repente, ocurrieron varios contratiempos que pusieron en jaque el futuro de la obra.

Primero, Doris pilló el mismo virus que había obligado a Carlota a permanecer en cama. Por desgracia, en su caso la cosa se complicó con una infección de garganta muy fea que convirtió su voz en una especie de graznido. La gobernanta insistió en que dejara reposar sus cuerdas vocales y no tratara de hablar en un par de días, lo cual significaba que no podía ensayar.

—¡Menudo desastre! —se lamentó Rachel desesperada—. Doris es una de nuestras estrellas y es irreemplazable.

—Bueno, si sigue el consejo de la gobernanta y

no fuerza la voz, puede que no haga falta que nadie la reemplace —observó Hilary con su habitual sentido común—. Trata de no desanimarte, Rachel, puede que al final todo se solucione.

Isabel sustituyó a Doris durante los ensayos, pero no tenía su gracia y se sentía como una segundona, como le dijo a su hermana gemela. La niña deseaba con todas sus fuerzas —incluso más que Rachel— que Doris se encontrara bien el día de la representación.

Luego sucedió otro desastre. Las alumnas de tercero aceptaron encantadas cuando las alumnas de segundo se ofrecieron generosamente a pintar algunos de los de-

corados de la obra. Lo cierto fue que hicieron un trabajo fantástico y Rachel les dijo:

—¡Muchísimas gracias! ¡Habéis sido de gran ayuda, de verdad!

—Tú consíguenos asientos de primera para la noche de la representación —se rio Grace, la delegada de segundo—. Y ahora será mejor que pongamos esto en algún lugar seguro hasta que se seque.

—Dejadlo fuera, apoyado en la pared del jardín —sugirió Bobby—, así mañana por la mañana ya estará seco.

Por desgracia, al amanecer cayó un aguacero inesperado y el decorado se echó a perder. Las alumnas de tercero estaban desconsoladas.

—No tenemos tiempo para pintarlo de nuevo —gimió Pat.

—Pues ¡habrá que encontrarlo! —resolvió Rachel muy decidida, tratando de hacer caso omiso de la angustia que la embargaba. ¡Las cosas iban tan bien! Y ahora parecía que todo se estaba desmoronando.

—Me pregunto qué será lo siguiente —dijo Mirabel—. Las desgracias siempre vienen de tres en tres.

—Gracias por tu optimismo, Mirabel —repuso Janet muy seria.

—¡Vamos, no digas tonterías! —exclamó Pat, siempre con los pies en el suelo—. ¡No va a pasar nada más!

Pero, por desgracia, Mirabel estaba en lo cierto. Se avecinaba algo terrible... Algo terrible que ¡iba a sucederle a ella!

Ese fin de semana, Mirabel, una tenista excepcional, participó en un torneo contra otra escuela. Toda la clase de tercero fue a verla y sus gritos y vítores llenaron la cancha cada vez que marcó un tanto. Su oponente también era muy buena y el partido estaba muy reñido. En el último set, la contrincante de Mirabel hizo un saque magnífico y la pelota surcó el aire a toda velocidad, muy por encima de su cabeza. Mirabel, resuelta a esforzarse siempre al máximo, por muy difícil que pareciera la jugada, dio un salto hacia atrás, levantó la raqueta todo lo que pudo y, de repente, trastabilló y cayó de mala manera, soltando un grito de dolor.

—Oh, no, ¡no me ha gustado nada como ha sonado eso! —dijo Janet.

—Seguro que está bien —repuso Rachel con más seguridad de la que sentía—. Espero que solo haya sido una torcedura de nada.

—No habría gritado así si solo se hubiera torcido el tobillo —observó Gladys muy seria, consciente de que conocía bien a su amiga—. Algo malo ha ocurrido.

Y así era. Mirabel se había hecho un esguince y tendría que hacer reposo durante un par de días. Y, después, aún tendría que esperar una temporada antes de poder apoyar todo su peso en el pie dañado. Por supuesto, en un principio todas se preocuparon por Mirabel, que estaba sufriendo mucho. Sin embargo, en cuanto las alumnas de tercero se aseguraron de que el daño era reparable, sus pensamientos se centraron en la obra.

—¡Acabo de caer en la cuenta de algo horrible! —exclamó Janet en la sala comunitaria esa noche—. ¡Mirabel no podrá representar el papel de lord Derwent como es debido si no puede andar bien! ¡Es un personaje muy activo!

En el papel del patoso marido de lady Dorinda, Mirabel tenía que moverse a trompicones por el escenario, tropezando, chocando con los muebles y tirando cosas. Su tobillo no soportaría ese ritmo. Al ver la cara de desesperación que puso Rachel cuando se dio cuenta de lo que eso comportaba, Alison se apresuró a decir:

—Tal vez puedas reescribir las escenas en las que aparece Mirabel para que pueda interpretar el papel sentada.

—¡Imposible! —suspiró Rachel desanimada—. No va a poder causar todo el caos que se supone que debe provocar lord Derwent si está todo el rato sentado en una silla. ¡Es como si la obra estuviera maldita!

A pesar de que sus compañeras no le hablaban, Fern mantuvo las orejas bien abiertas y oyó todos sus comentarios acerca de la llamada «maldición». También oyó que la señorita Adams le decía a la señorita Walker, la profesora de teatro:

—¡Me sabe tan mal por ellas! Han trabajado muchísimo en esta obra, pero si algo más se tuerce, entonces me temo que no habrá representación de tercero.

Fern pensó en ello largo y tendido. A pesar de que en muchos aspectos era una cabeza hueca, también podía ser muy lista cuando algo le interesaba de verdad. Y lo que más deseaba en la vida era perjudicar a Carlota y a Rachel. Si conseguía echar a perder la obra de Rachel y lograba que Carlota pareciera culpable ante todo el mundo, se habría vengado de las dos. De repente, lo vio todo muy claro y ¡supo exactamente lo que tenía que hacer!

CAPÍTULO 18

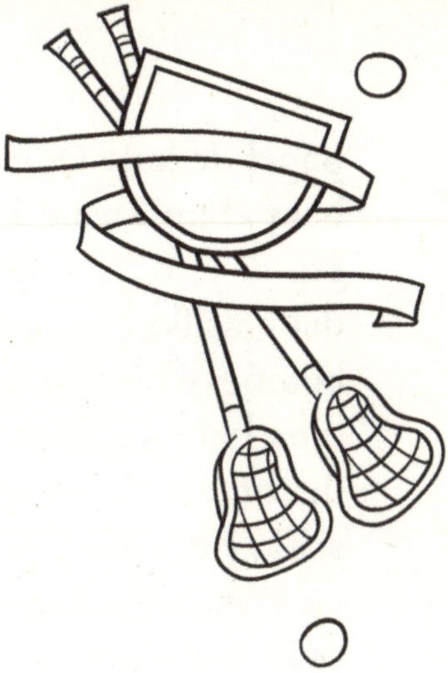

¡Fern pierde la cabeza!

El domingo el sol volvió a lucir con ganas y las niñas se pasaron la tarde chapoteando en la piscina o jugando al tenis. A Fern le resultó muy fácil colarse en la escuela sin que nadie la viera. Primero fue al dormitorio de Carlota. Una vez allí, abrió el armario de la delegada y cogió las tijeras de mango de nácar que había dentro. Carlota no las usaba muy a menudo, porque la costura no era uno de sus talentos, pero Fern, como las demás alumnas de la clase, sabía que las guardaba como un tesoro, porque habían pertenecido a su madre.

Una vez tuvo las exquisitas tijeras en el bolsillo, Fern bajó las escaleras con sigilo y se encaminó hacia el almacén que había detrás del auditorio, donde había colgados los trajes de la obra. Ahí estaban el elegante vestido que Gladys iba a ponerse para interpretar el papel de lady Dorinda, un traje de hombre para Mirabel y el uniforme de policía para Doris. Mientras sentía crecer el rencor en su interior, Fern se sacó las tijeras del bolsillo y se puso a trabajar: abrió costuras, arrancó botones e hizo cortes en el tejido. En un abrir y cerrar de ojos había echado a perder todos los trajes. Después de contemplar su obra con satisfacción, tiró las tijeras al suelo y desapareció.

Fern hizo el camino de regreso a casa con una sonrisa en los labios: no dejaba de pensar en lo que ocurriría cuando las alumnas de tercero descubrieran los trajes maltrechos y las tijeras de Carlota tiradas en el suelo. ¡Se había vengado de sus dos enemigas de un plumazo! Rachel se quedaría deshecha y, cuando las demás no quisieran saber nada más de ella, Carlota descubriría lo que se sentía cuando la gente te rehuía. La euforia de Fern, no obstante, no duró mucho. Lo primero que vio al regresar a casa fue a Libby, Will y Carlota charlando amigablemente mientras llevaban sus caballos al prado. Al parecer ninguno de los tres se había dado cuenta de que Fern se había marchado y tampoco la había visto regresar. Carlota dijo algo con su graciosa vocecilla cantarina y, cuando Fern oyó que los demás reían con ganas, tuvo la sensación de que el comentario había sido a su costa. De repente, mientras contemplaba alejarse los tres caballos, la invadió una oleada de amargura. Carlota hizo galopar su montura y, al verla, Will gritó, siguiéndola de cerca:

—¡Repite ese número que nos hiciste el otro día, Carlota! ¡Es genial!

Aunque a regañadientes, Fern tuvo que admitir que Carlota tenía una estampa encantadora a lomos de su caballo, con sus mejillas bronceadas y sus ojos brillantes de placer. Fern se acordó entonces de la cantidad de veces que, en esos últimos años, Will se había ofrecido para enseñarle a montar, y de todas sus respuestas negativas. Si alguna vez hubiera aceptado su ofrecimiento, tal vez entonces estaría cabalgando por el prado y su primo no le habría dedicado esas palabras de elogio a la odiosa Carlota, sino a ella. Los tres jinetes hicieron virar sus caballos y pasaron cabalgando junto a la verja ante la que Fern se había quedado plantada. No la miraron y tampoco hicieron ningún gesto que diera a entender que se habían percatado de su presencia.

De pronto, Fern no pudo seguir soportando que la ignoraran así. La rabia empezó a bullir en su interior y se apoderó de ella. Estaba resuelta a que sus primos se dieran cuenta de que estaba allí y ¡sabía exactamente cómo conseguirlo! Armada con el valor que le había proporcionado la rabia, se encaminó hacia los establos y abrió una de las puertas. Allí estaba el imponente caballo negro que a veces montaba Carlota. Y si Carlota podía hacer algo, ella, también. Al fin y al cabo, la delegada no era ni más corpulenta ni más fuerte que ella. Fern alargó un brazo titubeante y acarició la nariz aterciopelada del animal. La niña se tranquilizó cuando el caballo relinchó y, con delicadeza, acercó el hocico a su hombro.

Rocky se había calmado bastante en las últimas semanas y había aprendido a apreciar las caricias, vinieran de quien vinieran. A pesar de ello, solo toleraba que lo montasen dos personas: Will y Carlota. Fern, que nunca había mostrado ningún interés en las conversaciones sobre caballos que tanto les gustaba mantener a sus primos, no estaba al corriente de ese detalle. La niña contempló dudosa la desconcertante colección de arreos que colgaba de la pared del establo y descartó la idea de tratar de ensillar al animal: no sabía ni por dónde empezar y le pareció que intentarlo solo sería una pérdida de tiempo. Había visto a Carlota montando sin silla un montón de veces, así que no debía de ser tan complicado. Fern puso cabeza abajo un cubo que encontró en los establos y, después de encaramarse a él, se agarró a la crin del animal y lo montó. No se sentía muy segura allí sentada: el suelo parecía estar muy lejos y, cada vez que Rocky hacía el más mínimo movimiento, tenía la sensación de que se iba a caer. Rocky se estaba portando mucho mejor de lo que acostumbraba y, cuando Fern chasqueó la lengua tal como había oído que hacían los demás, el animal avanzó, muy obediente. Y entonces la niña se dio cuenta de que había abarcado demasiado. Al notar que empezaba a resbalar hacia un lado, Fern se agarró con fuerza a la crin del caballo y soltó un chillido aterrador que a Rocky no le gustó nada. Al parecer, el animal se dio cuenta de pronto de que la persona que tenía encima no era ni su querida Carlota ni su adorado Will, y estaba decidido a librarse de ese extraño costara lo que costara. Rocky corcoveó con violencia y Fern chilló de nuevo, pero aguantó como pudo, enredando los dedos en la crin. Y entonces el caballo decidió que había llegado el momento de enseñarle a ese jinete desconocido quién mandaba ahí y, sacudiendo la cabeza con desdén, abandonó el establo al galope, cruzó el prado donde los demás estaban cabalgando y salió a campo abierto, mientras Fern seguía gritando como una loca. A pesar de ello, había conseguido su objetivo: ¡los demás se fijaron en ella! Libby tiró de las riendas de su caballo, pálida del susto.

—¡Oh, Dios mío! —exclamó sin aliento—. Rocky se ha desbocado y Fern lo está montando. Pero ¿qué demonios está haciendo a lomos de Rocky?

—Olvídate de eso ahora —dijo Will con gravedad—. Lo importante es bajar a esa idiota de ahí. Carlota, vente conmigo: trataremos de detener a Rocky. Libby, tú no te muevas: puede que necesitemos que llames a una ambulancia.

Libby se quedó lívida al oír eso y, abriendo los ojos como platos, contempló a Rocky, que ya no era más que un punto negro en la distancia.

Carlota también parecía asustada cuando espoleó su montura para saltar la valla que separaba el recinto de los establos del campo.

—Pero ¿a quién se le ocurre montar a Rocky? ¿Qué mosca le habrá picado? —gritó mirando hacia atrás, mientras Will se le acercaba.

—Fern no debía de saber que es un caballo peligroso —respondió Will—. No sabe nada de caballos: para ella todos son iguales.

Ninguno de los dos se preguntó por qué Fern había decidido hacer algo así, porque ya lo sabían: estaba desesperada por llamar la atención.

—¡Les estamos ganando terreno! —gritó Carlota—. ¡Vamos, Silver! ¡Oh, Dios mío! ¡Ha venido de un pelo!

Este último comentario lo hizo al ver que Rocky tropezaba y Fern sufría una sacudida tan fuerte que estuvo a punto de soltarse. Después de perder pie, Rocky se quedó algo confundido, dio media vuelta y se encaminó de nuevo hacia la granja. Carlota aprovechó la oportunidad para hacer girar a Silver con destreza y fue avanzando poco a poco hasta que los dos caballos estuvieron casi a tocar.

—Hola, Rocky —canturreó con suavidad.

El animal enseguida reconoció su voz y aminoró el paso, agitando la cabeza y relinchando con satisfacción. Fern no era más que un ovillo gimoteante y hacía tanta fuerza para no soltarse que tenía los nudillos blancos; pero era evidente que no podría aguantar mucho más. Carlota avanzó un poco más hasta que alcanzó la altura de los estribos y entonces se inclinó hacia delante para acariciarle a Rocky el cuello. Luego tiró ligeramente de la crin y el animal se detuvo en seco. Fern fue resbalando hasta caer al suelo.

El señor y la señora Francis decidieron regresar a casa justo entonces y su coche se detuvo delante de los establos cuando todo ese drama estaba teniendo lugar. En cuanto vio apearse a sus padres del vehículo, Libby fue corriendo a contarles lo que había ocurrido. Los dos la miraron, horrorizados, y apretaron el paso hacia la verja, desde donde vieron a Fern desplomándose en el suelo. La señora Francis no se dio cuenta de que Carlota tenía la situación bajo control y fue corriendo a socorrer a su sobrina.

—¡No pasa nada! —le gritó Carlota después de des-

montar, mientras se inclinaba para ayudar a Fern a levantarse del suelo.

La señora Francis, no obstante, estaba tan fuera de sí que no la oyó y corrió hacia su sobrina mientras chillaba:

—¡Fern! ¡Oh, Dios mío! ¿Estás bien?

Rocky, desconcertado por los gritos repentinos y el alboroto, se encabritó y, al agitar los cascos, golpeó a Carlota en la nuca con una de las pezuñas y esta cayó desplomada en el suelo, inconsciente.

—¡Oh, no! —gritó Libby, mientras las lágrimas le anegaban los ojos—. ¡Carlota!

Mientras sucedían estos dramáticos acontecimientos, en el Santa Clara las alumnas de tercero se preparaban para ir a tomar el té.

—¡Un momento! —dijo Rachel—. Acabo de recordar que le había prometido a Gladys que le entregaría el traje que debe llevar en la obra a la señorita Stratton para que le haga un remiendo. Voy a buscarlo.

La señorita Stratton era la profesora de costura y la ayuda que les había prestado con los vestidos había sido de un valor incalculable.

—Está bien, pero date prisa —la instó Janet.

Las demás esperaron fuera mientras Rachel entraba en el pequeño almacén. Estuvo dentro un buen rato y, cuando volvió a salir, la niña estaba pálida y desencajada.

—¡Has tardado siglos! —protestó Bobby—. ¡Y encima

no has cogido el vestido de Gladys! Eh, ¿qué te ha pasado? ¡Tienes una pinta muy rara!

—Acompañadme —dijo Rachel con la voz ahogada—. Creo que deberíais verlo con vuestros propios ojos.

Sus compañeras la siguieron con cara de desconcierto y se quedaron sin aliento al ver el estropicio.

—¡Están todos rotos! —gritó Pat sin dar crédito—. ¿Qué puede haber pasado?

—La pregunta no es qué sino quién —puntualizó Hilary dando un paso adelante para examinar los daños más de cerca—. Los han cortado deliberadamente.

—Pero ¿quién puede haber hecho algo así? —preguntó Isabel, consternada.

La aguda mirada de Janet ya había localizado las tijeras en el suelo, las recogió y las sostuvo en alto como respuesta. Todas las reconocieron en el acto.

—¡Son las tijeras de Carlota! —exclamó Alison—. ¡No, no puede ser! Ella nunca haría una cosa así.

—Estoy de acuerdo —dijo Pat rotunda—. A ver, ¿qué razón podría tener?

—Quizá le duela más de lo que está dispuesta a reconocer que la hayan sustituido como directora —sugirió Janet con frialdad.

—¡No! —protestó Isabel—. ¡Cuando Carlota está dolida o enfadada siempre lo demuestra abiertamente! ¡Esto no es cosa suya!

—Son sus tijeras, esto está claro —dijo Hilary visiblemente incómoda—. Pero todo el mundo sabe dónde las guarda y cualquiera de nosotras podría haber entrado a hurtadillas en el dormitorio para cogerlas. No creo que podamos acusarla sin tener pruebas más concluyentes.

De repente, la puerta se abrió y la señorita Theobald entró adoptando una actitud más grave de lo que era habitual en ella. Enseguida se hizo el silencio: todas habían caído en la cuenta de que llegaban tarde al té. De hecho, al ser testigos de ese sabotaje, se habían olvidado por completo de que debían ir al comedor. Sin embargo, enseguida intuyeron que la señorita Theobald no había ido a buscarlas para echarles la bronca, sino para hablarles de un asunto mucho más serio.

CAPÍTULO 19

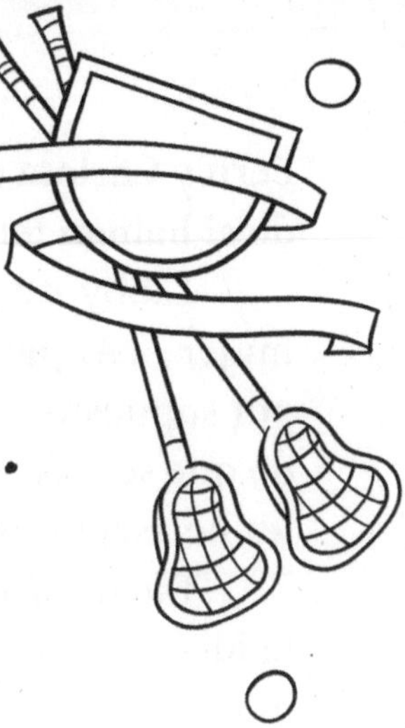

Buenas noticias... y malas noticias

—SIENTO MUCHO TENER QUE DECIROS ESTO: EN Los Robles ha habido un accidente y Carlota y Fern se han visto involucradas en él —anunció la directora muy seria.

Las niñas se la quedaron mirando, horrorizadas, y, después de unos momentos de silencio, hablaron todas a la vez:

—¿Están bien?

—¿Qué tipo de accidente?

—Señorita Theobald, ¿no estará Carlota malherida, verdad? ¿Qué ha pasado?

—Me temo que de momento no tengo detalles de lo ocurrido —respondió la directora—. Ahora iré al hospital a reunirme con el señor y la señora Francis y veré cuál es la situación.

Las chicas se quedaron muy alteradas al oír eso:

Fern y Carlota debían de encontrarse en muy mal estado si habían tenido que llevarlas al hospital.

—Libby está en la sala comunitaria —prosiguió la mujer—. Al parecer ha presenciado todo lo ocurrido y, por supuesto, está muy afectada. Sus padres han pensado que sería mejor dejarla en compañía de sus amigas y les he asegurado que cuidaríais de ella.

—Puede usted confiar en nosotras, señorita Theobald —aseguró Hilary muy seria—. Vamos, chicas, vamos a animar un poco a Libby.

La verdad era que a ninguna le apetecía ya tomar el té: se habían quedado sin apetito después de recibir esa noticia estremecedora. Encontraron a Libby acurrucada en el sofá de la sala comunitaria, muy pálida, temblando de pies a cabeza. Pat enseguida corrió a su lado y la cogió de la mano.

—¡Pobre! —le dijo con dulzura—. Ha sido un golpe muy fuerte, Libby.

—¿Quieres contarnos lo que ha ocurrido? —le preguntó Isabel con delicadeza.

Y, con voz temblorosa, Libby les relató toda la historia haciendo un esfuerzo para contener el llanto.

—¡Pobre Carlota! —exclamó Gladys—. Tiene la valentía de ir a rescatar a Fern y, al final, ¡la que resulta herida es ella! Por cierto, ¿cómo está tu prima?

Libby dejó escapar una risita.

—Aparte de algún que otro rasguño, Fern está perfectamente. Ha ido al hospital con mis padres. Mamá ha insistido en que el médico le echara un vistazo, solo para quedarse tranquila, pero creo que está bien. Quien me preocupa es Carlota. Han tenido que llevársela en la ambulancia y mi hermano ha ido con ella. Ha dicho que le vendría bien ver a una cara amiga si volvía en sí durante el trayecto, pero ¡yo creo que en realidad lo que él quería era subirse a la ambulancia! —Libby se rio de nuevo, pero, de repente, rompió a llorar—. ¡Carlota estaba tan pálida! ¡Y no se movía! ¡Oh, espero que esté bien!

—¡Por supuesto que sí! —exclamó Pat con más seguridad de la que sentía.

—¡Todo esto es terrible! —reconoció Rachel visiblemente disgustada—. Y ahora aún me resulta más difícil de creer que sea Carlota la responsable de haber estropeado los trajes. Una persona con suficiente valentía como para detener a un caballo desbocado no puede ser culpable de un comportamiento tan ruin. Y que conste que nunca he pensado que Carlota fuera ruin. ¡Más bien todo lo contrario!

—¿De qué estáis hablando? —preguntó Libby olvidándose por un momento de sus preocupaciones.

Cuando las alumnas de tercero le contaron lo que había ocurrido con los trajes, exclamó muy airada:

—¡Pues claro que Carlota no haría nunca nada parecido! Pero ¡creo que sé quién sería capaz!

—¿Quién? —preguntó Alison abriendo sus ojos azules como platos.

—¡Es obvio! —exclamó Libby con desdén—. La misma persona que ha estado detrás de todos los problemas que hemos tenido este trimestre.

—¡Fern! —gritaron todas.

—Exacto, Fern —confirmó Libby—. Y, ahora que lo pienso, ha desaparecido durante un rato esta tarde. El tiempo suficiente para venir hasta aquí y poner en práctica su plan de venganza.

—Supongo que debe de haberle parecido la oportunidad perfecta para desquitarse con Carlota y conmigo —dijo Rachel pensativa.

—¡Qué horror! —saltó Bobby—. ¡Prepararlo todo para que Carlota pareciera la culpable! Y qué ironía que haya sido precisamente ella quien la haya salvado después de que Fern se la haya jugado así.

—¡Esa niña necesita que le den una buena lección! —resolvió Mirabel.

—Creo que ya la ha tenido —observó Libby—. Se ha llevado un buen susto cuando ha visto que Carlota ha resultado herida. Solo espero que esto le haya servido para aprender algo.

—Y yo espero que la señorita Theobald nos dé buenas noticias cuando regrese —dijo Pat.

Todas expresaron ese mismo deseo, muy efusivas, y se sentaron a esperar, rezando en silencio por su amiga. ¡Nunca los minutos habían transcurrido tan lentamente como entonces! De pronto, los trajes echados a perder, incluso la obra, dejaron de tener tanta importancia. Lo único que importaba de verdad era que Carlota se recuperara.

Ya eran las ocho pasadas cuando la señorita Theobald regresó al Santa Clara acompañada de la madre de Libby y, a juzgar por las miradas de angustia de las dos mujeres, no traían buenas noticias. A las niñas se les encogió el corazón.

—Carlota sigue inconsciente —les informó la señorita Theobald con pesar—. He telefoneado a su padre y ya va de camino hacia el hospital. Me temo que lo único que podemos hacer es esperar.

Al ver que un par de muchachas estaban a punto de echarse a llorar, la señora Francis se apresuró a decir con dulzura:

—Carlota está en muy buenas manos. Ahora tenemos que tratar de ser fuertes. Vamos, Libby, debes de estar agotada. Te llevaré a casa.

—¡Oh, mamá! ¡No! —protestó—. ¡No puedo! ¡No soy capaz de enfrentarme a Fern después de lo que ha hecho!

—Pero ¡Libby! —exclamó su madre visiblemente asombrada—. Ya sé que ha sido muy inconsciente por su parte tratar de montar a Rocky, pero no tenía mala intención.

—No es solo eso, mamá —dijo Libby—. Fern no solo es inconsciente... También es vengativa y retorcida. Fue ella quien le chivó a Mademoiselle lo de la fiesta de tercero y ahora ha estropeado los trajes de la obra a propósito y ha tratado de que Carlota pareciera la culpable. ¡De verdad, mamá, es muy mala!

Las dos mujeres se miraron, sin dar crédito. Todo

eso había que investigarlo a fondo, pero no era el momento.

—Estaremos encantadas de ofrecerle a Libby una cama para esta noche —le dijo la directora a la señora Francis y, bajando la voz, añadió—: Quizá mañana por la mañana, cuando Fern se haya tranquilizado un poco, podría usted tener una charla con ella e informarme luego de cómo ha ido.

—Por supuesto —repuso la madre de Libby, visiblemente preocupada. Siempre había sido muy consciente de que Fern podía ser algo envidiosa, pero ¡las acusaciones de Libby eran horribles!

—¿No os importa que me quede? —les preguntó Libby a las demás cuando su madre y la directora se hubieron marchado—. Es que no soporto la idea de compartir habitación con Fern.

—¡Pues claro que no nos importa! —exclamó Hilary con cariño—. Oh, pero si no tienes pijama. No te preocupes, te dejaré uno de los míos.

—Y yo tengo un cepillo de dientes de sobra. Puedes utilizarlo —dijo Isabel.

—¿Qué os parece si salimos a tomar un poco el aire antes de ir a acostarnos? —sugirió Bobby—. Puede que nos ayude a relajarnos un poco... Me temo que no nos resultará nada fácil conciliar el sueño con todo lo que ha ocurrido.

—Buena idea —opinó Mirabel levantándose con cuidado y tratando de no apoyarse en el tobillo que se había torcido—, pero será mejor que me ayudes, Gladys.

Una de las niñas se había tomado la noticia del accidente de Carlota peor que las demás: Janet. A pesar de que nunca callaba, en esta ocasión no había abierto la boca ni una sola vez. Y, cuando las demás salieron afuera, ella se quedó atrás, en una sala, silenciosa y solitaria, con la sensación de llevar todo el peso del mundo sobre los hombros. De repente, al pensar que Carlota estaba gravemente enferma, Janet se dio cuenta de lo mucho que la quería, y todo el resentimiento y el rencor que había sentido durante las últimas semanas desapareció dejando solo remordimiento a su paso. Janet, tan valiente como la propia Carlota, afrontó con sinceridad el comportamiento lamentable que había tenido. Cuando habían descubierto el estropicio de los trajes, no había podido evitar soltar un comentario malicioso sobre Carlota, a pesar de saber de corazón que su amiga era incapaz de hacer nada tan rastrero. No, Carlota era una buena persona. Y Janet también, en general. Pero la envidia le había impedido actuar con bondad: un pensamiento desagradable, pero aleccionador.

De repente, le pareció que algo se había movido junto a la puerta y, al levantar la mirada, descubrió a Mademoiselle, allí, de pie.

—Buscaba a la señorita Adams y se me ha ocurrido que tal vez estuviera aquí —le dijo la profesora de francés—, pero ya veo que no es así.

Mademoiselle miró a Janet con detenimiento y enseguida se dio cuenta de la expresión de pesar que había en los ojos de la niña.

—¿Qué te ocurre, *ma chère*? —le preguntó la mujer entrando en la habitación—. Pareces... ¿cómo se dice? Atolondrada, triste...

—Quiere decir apesadumbrada, Mademoiselle —la corrigió Janet esbozando la sombra de su habitual sonrisa—. Sí, estaba pensando en Carlota.

—¡Ah, sí! —Los labios de la profesora de francés flaquearon de tristeza y el negro azulado de sus ojos se ensombreció—. ¡Pobre Carlota! Pero ¡se pondrá bien, ya verás! ¡Lo siento aquí! —exclamó llevándose la mano al corazón—. ¡Menudo modo de terminar su trimestre como delegada! ¡Espero de todo corazón que a ti te vaya mejor el trimestre que viene cuando te llegue el turno, *ma petite*!

Janet miró a Mademoiselle con los ojos como platos y le preguntó:

—¿Qué quiere usted decir?

De repente, la mujer la contempló, avergonzada, y exclamó:

—*Oh, là, là!* ¡Ya me he venido de la lengua y he metido el pie!

—Quiere usted decir que se ha ido de la lengua y... Oh, da igual, Mademoiselle. ¿A qué se refiere?

La mujer dejó escapar un suspiro y se encogió de hombros.

—Está bien, te lo diré. Pero, por favor, Janet, tiene que ser un secreto entre las dos, *oui*?

—*Oui* —accedió Janet enseguida, muerta de curiosidad.

Mademoiselle la puso entonces al corriente de la decisión de la directora: las dos niñas serían delegadas, primero una y después, la otra.

—Así que ya ves —concluyó—, tú serás la delegada el próximo trimestre.

Janet escuchó a Mademoiselle con sentimientos encontrados. En cualquier otro momento, habría estado encantada de recibir esa noticia, pero, de repente, se había dado cuenta de que todo el resentimiento que había sentido contra Carlota había sido injustificado y no conseguía encontrar en su interior ni pizca de felicidad.

—Tenemos que ser fuertes —declaró Mademoiselle con contundencia mientras le daba a Janet una palmadita en la mejilla— y rezar por nuestra querida Carlota. Ah, la señorita Theobald me ha hablado del lamentable comportamiento que ha tenido Fern. ¡Y pensar que es la responsable de todo esto! La verdad, ¡la envidia es algo terrible!

Sí, la envidia es algo terrible, coincidió Janet en silencio. A su modo, pensó, ella era tan mala como Fern, porque había permitido que ese sentimiento se apoderara de ella. Janet, sin embargo, era una persona fuerte y había aprendido una lección muy valiosa. Se juró a sí misma que nunca volvería a dejar que la envidia la controlara. Conseguiría vencer ese sentimiento y, como consecuencia, sería mejor persona. Y cuando Carlota estuviera recuperada, arreglaría las cosas con ella.

Mientras Janet estaba teniendo todos esos pensamientos, Bobby irrumpió en la habitación:

—¡Ah! ¡Por fin te encuentro, Janet! ¿Por qué no has salido con nosotras? ¡Oh, perdone, Mademoiselle! Es que acabamos de encontrarnos con la señorita Theobald y nos ha dado una noticia maravillosa. La han telefoneado del hospital para decirle que Carlota ha vuelto en sí y que se pondrá bien. ¿Verdad que es genial?

A Janet se le hizo un nudo en la garganta.

—¡Claro! ¡Son las mejores noticias del mundo! —dijo con voz ronca.

CAPÍTULO 20

Las cosas se ponen en su sitio

TODAS LAS ALUMNAS DE TERCERO SALTARON DE ALEgría cuando supieron que Carlota se había recuperado y, al día siguiente, apenas podían ocultar su entusiasmo.

Las gemelas corrieron por el pasillo tan aturulladas que arrollaron a Jennifer Mills, la capitana de deportes, y cuando la niña estuvo a punto de acabar tendida en el suelo, les gritó muy seria:

—¡Eh! ¡A ver si miráis por donde vais!

—Lo siento, Jenny —se disculpó Pat—. Es que estamos tan contentas de que Carlota se encuentre bien que no podemos estar quietas.

—Sí, ya me he enterado —repuso Jenny suavizando la expresión—. Me alegro de que todo haya salido bien. Es una buena chica. Y ahora ¡largaos las dos! Y, por el amor de Dios, ¡no corráis!

Las profesoras también estaban pletóricas, porque Carlota les caía muy bien a todas.

—Es una noticia excelente —coincidió la señorita Adams esa tarde, después de que las alumnas de tercero se pasaran los primeros cinco minutos de la clase de geografía hablando de la recuperación de su amiga—, pero ahora ¡tenemos que ponernos a trabajar! La directora vendrá a hablar con vosotras dentro de un rato, así que ya perderemos parte de la clase.

—¿Qué querrá decirnos la señorita Theobald? —se preguntó Hilary muerta de curiosidad.

—Enseguida lo sabremos —respondió la profesora con firmeza—. Y ahora abrid el libro por la página veintiséis, por favor.

La directora entró en el aula a mitad de la clase y, mientras las alumnas se ponían en pie con educación, la mujer se acercó a la señorita Adams para decirle algo en voz baja.

—Podéis sentaros —les indicó la señorita Theobald a continuación—. Tengo que daros una noticia. La señora Francis ha venido a verme y me ha informado de que Fern ha confesado que, entre otras cosas, es la culpable de haber destrozado los trajes de la obra.

Se oyeron los murmullos airados de algunas alumnas y la señorita Theobald levantó la mano para reclamar silencio.

—La señora Francis también me ha dicho que esta mañana ha recibido una carta de los padres de Fern en la que le informaban de que este fin de semana volvían a Inglaterra. Esto significa que su hija se irá a vivir con ellos y, tanto su tía como yo, hemos coincidido en que lo mejor para todo el mundo sería que Fern no regresara al Santa Clara. Ya no volveréis a verla más.

Las alumnas de tercero se alegraron al oír eso.

—¡Hasta nunca! —le murmuró Bobby a Janet.

—Estoy convencida de que siente mucho lo que le ha ocurrido a Carlota —prosiguió la directora—, y espero que esta experiencia le haya servido de lección y que no vuelva a comportarse nunca más de forma tan irresponsable.

Como ya no tendrían que aguantarla, a ninguna de las alumnas de tercero le interesaba demasiado lo que pudiera sucederle a Fern y todas estuvieron encantadas de que la señorita Theobald se centrara en el tema de Carlota.

—Hoy he ido a visitarla al hospital —dijo— y me alegra poder deciros que está mucho mejor y que podrá empezar a recibir visitas mañana mismo. Como necesita reposo, aún seguirá en el hospital algunos días más, pero me ha pedido que os diga que está decidida a regresar a la escuela a tiempo para poder participar en la obra. —De repente, el rostro sereno de la señorita Theobald adquirió una expresión grave—. Por supuesto, no le he dicho nada de este último contratiempo, porque he pensado que podría disgustarla demasiado saber que el futuro de la obra está en jaque.

—Por supuesto —dijo Hilary—. Gracias por contarnos todo esto, señorita Theobald.

—Bueno, dejaré que prosigáis con la clase —resolvió la directora—. Gracias, señorita Adams.

—¡Niñas! —exclamó la profesora de geografía en cuanto la puerta se hubo cerrado tras la directora—. ¡Tenemos que asegurarnos de que la obra se represente! Se lo debemos a Carlota.

—Pues no veo cómo —suspiró Isabel con pesar—. ¡No tenemos ni decorado ni trajes, Mirabel apenas puede andar y Doris no puede hablar!

—¡Ahora sí! —trinó la niña con la voz un poco ronca—. La gobernanta me ha dado el alta hoy mismo.

—¡Oh, qué bien! —exclamó Pat aliviada—. ¡Un problema menos!

—Sí —dijo Janet muy pensativa—. Si pudiéramos hacer algo para arreglar el decorado y...

—¡Ejem! —las interrumpió la señorita Adams lanzándoles a todas una mirada severa—. Me alegra mucho que Doris haya recuperado la voz, me entusiasma que estéis tan comprometidas con la obra... y ¡saltaré de alegría si además podéis mostrar un poco de interés por la clase de geografía!

Después de eso ya nadie se atrevió a volver a mencionar la obra. Janet mantuvo la mirada clavada en sus libros como una alumna aplicada, pero no pudo dejar de pensar ni por un momento en la representación. Y es que cuando se le metía una cosa en la cabeza, no paraba hasta conseguirla y esta vez estaba resuelta a que, de un modo u otro, las alumnas de tercero representaran la obra.

Esa tarde, cuando terminaron las clases, Rachel dijo muy apagada:

—Ahora teníamos ensayo, pero supongo que no vale la pena que lo hagamos.

—¡El espectáculo debe continuar! —exclamó Janet—. ¿No es eso lo que decís siempre la gente de teatro?

—Sí —se rio Rachel—. Pero falta tan poco para terminar el trimestre que tendremos que simplificar las cosas. ¡Necesitaríamos un milagro!

—Bueno, quizá se produzca uno —repuso Janet muy críptica—. Rachel, sigue con el ensayo. Yo vuelvo enseguida.

Y, dicho esto, se marchó a toda prisa, mientras Rachel la contemplaba, sorprendida. Al principio el ensayo no fue muy bien, porque la mayoría de las chicas tenía la sensación de estar perdiendo el tiempo y representaba su papel con muy pocas ganas. Al rato, sin embargo, Janet regresó con una sonrisa de oreja a oreja e Isabel le gritó desde el escenario:

—¡Vaya! ¿Qué te ha pasado? ¡Parece que te haya tocado la lotería!

—Chicas —anunció Janet con aire triunfal—. La obra va a representarse.

—Así que al final has conseguido ese milagro —dijo Rachel—. Pero ¿cómo?

Las demás, que también estaban impacientes por saberlo, bajaron del escenario y se apiñaron alrededor de Janet, muy intrigadas.

—Bueno —explicó—, solo le he pedido a la señorita Walker si las otras clases podrían trabajar en nuestros decorados los días que quedan para terminar el trimestre. Le tiene mucho cariño a Carlota, ¿sabéis?, y enseguida ha accedido. Luego le he llevado los trajes a la señorita Stratton y me ha dicho que cree que podrá remendarlos. Como el público no los verá de cerca, no importa que los arreglos no sean perfectos.

—¡Fantástico! —exclamó Pat—. Bien hecho, Janet. ¡Nos has salvado el día!

—Pero aún hay otra cosa —apuntó Rachel frunciendo el ceño—: el papel de Mirabel. Es demasiado tarde para que alguien pueda aprendérselo y ella no puede estar de pie lo que dura la obra. La verdad, no le veo la solución.

Y la solución vino de una fuente inesperada. Alison, que había estado escuchando muy pensativa, dijo:

—Tengo una idea. La gobernanta guarda un par de sillas de ruedas en la enfermería. ¿Y si le pedimos que nos preste una? Así Mirabel podría pasarse toda la obra sentada y, al mismo tiempo moverse por el escenario, chocar con todo, tumbar la mesa y... —Se interrumpió de repente al ver que todas la miraban fijamente y murmuró roja como un tomate—: Oh, bueno, quizá no haya sido tan buena idea...

—No, no, es una idea fantástica —dijo Rachel—. ¡Es brillante! Alison, ¡me entran ganas de darte un abrazo! Y la próxima vez que alguien te llame cabeza hueca, ¡tendrá que vérselas conmigo!

—¡Y con todas nosotras! —exclamaron las demás—. Bien pensado, Alison.

—¡Adelante, pues! —resolvió Rachel aplaudiendo—. ¿Se puede saber qué estáis haciendo ahí plantadas? ¡Todas al escenario! Pat, tú no apareces en esta escena; ¿podrías por favor ir a pedirle la silla de ruedas a la gobernanta? Las demás, ¡a sus puestos!

A lo largo de los tres días siguientes, todas las alumnas de tercero encontraron el momento para ir a visitar a Carlota, y Janet fue una de las primeras en hacerlo. Le llevó una enorme tableta de chocolate y algunos libros que sabía que Carlota quería leer.

—¿Cómo estás? —le preguntó con cariño.

—Oh, ¡mucho mejor! —A pesar de lo que le había ocurrido, tenía muy buen aspecto—. Es como si me hubiera pasado todo el trimestre en cama: primero por la gripe y ahora por esto. ¡Me muero de ganas de regresar a la escuela! Oh, ¿todo esto es para mí? ¡Qué detalle! Ven, siéntate y cuéntame todas las novedades.

Janet acercó una silla a la cama y empezó a hablar. Como la obra iba a celebrarse, pensó que podía contarle a Carlota lo que Fern había hecho con los trajes.

—Entonces —dijo Carlota al final—, Fern no va a volver al Santa Clara. Bueno, no puedo decir que lo sienta. La verdad es que no es agradable que alguien te tenga tanta envidia.

—Supongo que no —repuso Janet con gravedad—. Y has tenido una doble dosis: la envidia de Fern y la mía.

—¿Tú me tienes envidia? —replicó Carlota sin dar crédito—. ¿Por eso has estado tan arisca conmigo este trimestre? Pero Janet, ¿por qué?

—Porque te han nombrado delegada —respondió con un hilo de voz—. Se me había metido en la cabeza que yo debía ser la delegada este trimestre y me entró un ataque de envidia cuando te eligieron a ti.

—Oh, Janet, ¡deberías habérmelo dicho! —se lamentó Carlota—. No entendía qué había hecho mal ni en qué te había ofendido.

—No has hecho nada —le aseguró Janet—. La culpa de todo la tiene mi dichosa cabezonería. Ahora todo esto me parece una bobada, sobre todo después de que a Mademoiselle se le escapara que voy a ser delegada el próximo trimestre.

—¿Ah, sí? —exclamó Carlota—. Oh, Janet, me alegro mucho por ti. Te voy a apoyar en todo, puedes estar segura de ello.

—Ya lo sé —aseguró haciendo gala de una humildad poco habitual en ella—. Aunque no me lo merezco después del comportamiento que he tenido contigo este trimestre.

—¡No digas tonterías! —replicó Carlota—. Dejemos

todo eso atrás y empecemos de cero el próximo trimestre. Además, ya sabes que mi comportamiento también ha dejado mucho que desear. Aquí en la enfermería he tenido tiempo para pensar y me he dado cuenta de que no me he hecho cargo de mis responsabilidades como habría debido. —Carlota hizo una mueca—. Estaba demasiado concentrada en mi amistad con Libby, en montar a caballo, y no he prestado a los asuntos de la clase toda la atención que requerían. Bueno, Libby se va al terminar el trimestre, así que supongo que podré adaptarme y volver a ser un miembro de la clase como es debido.

—Oh, sí, ¡había olvidado que Libby se marchaba a Estados Unidos! —exclamó Janet—. La vas a echar de menos, ¿verdad? ¡Por no hablar de los caballos!

—Sí, aunque podré seguir yendo a los establos y montar con Will de vez en cuando —respondió Carlota—. Pero el próximo trimestre no pasaré tanto tiempo allí. Me quedaré con mis antiguas amigas. Este trimestre yo también he aprendido una lección, Janet.

CAPÍTULO 21

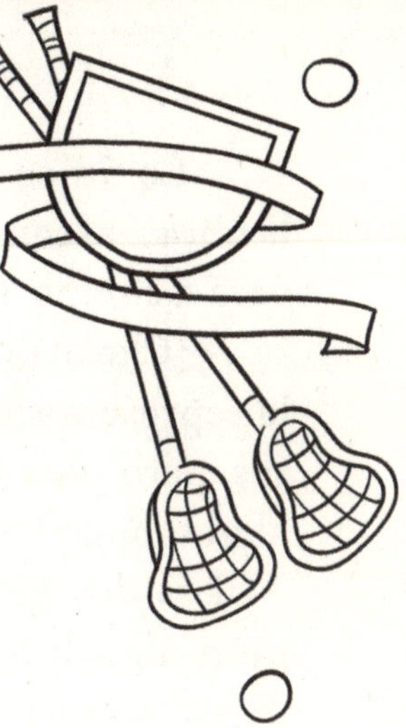

Una obra fantástica

ALLISON ESTABA UN POCO DISGUSTADA. LOS ÚLTIMOS preparativos de la obra tenían a Rachel tan ocupada que apenas disponía de tiempo para ella. Esos días su amiga parecía distraída y distante, una actitud que no solo desconcertaba a Alison, sino que además le dolía.

Las gemelas se fijaron en el aspecto tristón de su prima.

—¿Te pasa algo, Alison? —preguntó Pat—. Últimamente vas por ahí como un alma en pena.

—¡Sí, anímate! —exclamó Isabel—. Nos esperan días muy emocionantes. Primero, la obra de mañana por la noche y, luego, ¡las vacaciones! ¡Es genial!

Alison suspiró.

—Ahora mismo no puedo mostrar entusiasmo por nada, la verdad. Rachel está tan fría y distante... Y no sé por qué.

—Lo único que le ocurre es que está muy liada con la obra —aseguró Pat—. En cuanto esto haya pasado volverá a comportarse como siempre.

—¡Claro! —coincidió Isabel—. Todas queremos que la representación salga bien y estamos un poco nerviosas, pero para Rachel debe de ser aún peor, porque de algún modo ella es la responsable.

Las dos gemelas eran famosas por su sentido común, algo de lo que Alison andaba más escasa, y la niña deseaba creerlas con todas sus fuerzas. Sin embargo, ella era muy intuitiva y su intuición seguía repitiéndole que algo andaba mal. En aquel momento, no obstante, había demasiadas cosas en danza y tuvo que dejar a un lado sus preocupaciones.

Carlota regresó a la escuela a la hora de comer y entró con sigilo en el comedor. Sus compañeras no se dieron cuenta de su presencia hasta que oyeron su voz que exclamaba, divertida:

—¡Espero que me hayáis dejado algo!

¡Menudo barullo se armó! Se levantaron de un salto de sus asientos para saludarla con efusión e incluso la señorita Adams le dio una palmada en el hombro y le hizo saber lo encantada que estaba de que estuviese de vuelta. Mademoiselle aún dio un paso más: se acercó presurosa desde su mesa y le dio un fuerte abrazo.

—¡Ah, *ma chère* Carlota! —exclamó con su mirada oscura humedecida por la emoción—. ¡Cuánto me alegro de ver que ya vuelvas a estar bien!

—Gracias, Mademoiselle —repuso Carlota con una sonrisa—. Es genial estar de vuelta.

—Y además llegas justo a tiempo para el ensayo —dijo Libby haciéndole un sitio a su amiga—. Espero que hayas aprovechado tu estancia en el hospital para estudiarte bien tus frases, Carlota.

—Las enfermeras estaban hartas de oírmelas repetir —se rio la delegada—. Y estoy impaciente por empezar el ensayo general.

Pero el ensayo general fue un desastre. Gladys era un manojo de nervios, algo muy extraño en ella, y no pudo dejar de temblar en toda la representación. Bobby tropezó al hacer su entrada y estuvo a punto de tirar a Pat al suelo, y las demás se pusieron a reír y el ensayo tuvo que interrumpirse unos minutos durante los que las alumnas de tercero no pararon de llorar de risa. Luego Hilary se olvidó por completo de sus frases. A todas les extrañó que, ante tal desastre, Rachel no se subiera por las paredes; en realidad, la directora parecía la mar de animada.

—Es una vieja superstición entre la gente de teatro —aclaró—. Un buen ensayo general augura que la representación será un desastre... y al revés.

—Bueno, pues si eso es cierto, mañana tendremos un éxito rotundo —se rio Doris.

—¡Lo tendremos! —confirmó Rachel convencida—. Lo sé.

¡Y tenía toda la razón! Esa noche parecía reinar el

caos entre bastidores: todo el mundo iba de aquí para allá, cambiándose y maquillándose. ¡Y menudo escándalo armaban!

—Gladys, ¿de verdad quieres pintarte los labios de azul? —gritó Janet—. Seguro que este carmín te quedaría mucho mejor.

—¡Oh, es que estoy tan nerviosa que no sé ni lo que hago! —exclamó mientras cogía el pintalabios que le tendía Janet.

—Cuando las luces se apaguen y estés en el escenario, se te pasará todo —aseguró Mirabel—. Te meterás en la piel del personaje y te olvidarás de todo lo demás.

—La señorita Stratton ha hecho un trabajo magnífico con los trajes —observó Doris, y se puso la chaqueta del uniforme de policía.

—Sí, y las alumnas de la señorita Walker han hecho maravillas con los decorados —dijo Hilary—. ¡No sé qué habría sido de nosotras sin su ayuda!

—Está lleno a reventar —anunció Bobby espiando entre las cortinas—. Ahí están mis padres... y los tuyos, Alison. Se han sentado en primera fila.

—¡Oh! —gimió Alison muy nerviosa, y las horquillas con las que iba a recogerse el pelo se le escaparon y acabaron desparramadas por el suelo—. ¡Ojalá no me hubieras dicho nada, Bobby! Ahora seguro que digo mal mis frases, seguro. Oh, ¿adónde han ido a parar las horquillas?

—Toma, deja que te ayude —se ofreció Rachel recogiéndolas y sujetando con ellas los rizos de Alison, que estaba muy hermosa en el papel de elegante dama de sociedad.

—Estarás genial —le dijo Rachel dándole una palmadita en el hombro—. Y tus padres se sentirán muy orgullosos de ti.

Al oír que Rachel le hablaba de nuevo como su vieja amiga de siempre, Alison se armó de valor y le preguntó titubeante:

—Rachel, he hecho algo que te ha molestado, ¿verdad? Es que has estado tan distante estos últimos días.

—No, Alison, ¡por supuesto que no! Ya sé que me he comportado de un modo algo extraño, pero te aseguro que no tiene nada que ver con algo que hayas podido hacer. Mira, después de la obra hablamos y te lo cuento todo con tranquilidad, ¿vale? Y ahora, vamos, ya es la hora.

Las luces de la sala se atenuaron, el público se quedó en silencio y el telón se abrió. ¡Había llegado el momento! Rachel estaba entre bastidores, cruzando los dedos mientras observaba la escena, nerviosa. Hacía solo unos instantes se había paseado entre las actrices pronunciando palabras tranquilizadoras aquí, dando algún consejo allí. Y ¡qué tranquila que parecía! Ninguna de las alumnas de tercero se había dado cuenta de que Rachel estaba más nerviosa que todas ellas juntas, porque esa obra significaba mucho para ella. La niña se fijó en el público incluso más que en las actrices, temerosa de encontrar señales de aburrimiento o inquietud. Pero no vio ninguna. Todo el mundo estaba embelesado. Las alumnas de los primeros cursos contuvieron la respiración en los momentos más dramáticos, y padres, profesoras y alumnas rompieron a reír a carcajadas con la hilarante interpretación de Doris. Mademoiselle se había sentado en la primera fila y sus agudas risotadas divertían al público casi tanto como las payasadas que tenían lugar en el escenario. Mirabel también lo estaba haciendo muy bien, chocando a diestro y siniestro con la silla de ruedas que había aprendido a llevar con tanta destreza, y la interpretación de Gladys fue genial. Rachel localizó a sus padres entre el público: su madre abrió los ojos como platos ante la refinada actuación de Gladys y luego le susurró algo a su padre. Sir Robert asintió sin apartar la mirada de la menuda actriz que había en el escenario. Rachel supuso que estaban elogiando la actuación de Gladys y, así como en el pasado habría sentido celos y resentimiento, esta vez estuvo encantada. ¡Eso demostraba que las buenas escuelas como el Santa Clara podían cambiar las actitudes de sus alumnas!

Cuando la obra tocó a su fin, el público expresó su entusiasmo atronador con aplausos y vítores. Mirabel se ganó una aclamación aún más ensordecedora cuando hizo su saludo, todavía sentada en la silla de ruedas, y el público se puso en pie para dedicar una ovación a Doris y a Gladys. El aplauso más efusivo de la noche, sin embargo, estuvo reservado a Rachel, que, ante la insistencia de las alumnas de tercero, salió titubeante al escenario. Sabía que debía decir algo, pero de repente se le formó un nudo en la garganta que le impidió pronunciar una palabra, sobre todo cuando vio de nuevo a sus padres, contemplándola con el rostro radiante y la mirada llena de orgullo y amor.

—¡Tres hurras para Rachel! —gritó Carlota, y todo el público respondió haciendo retumbar la sala.

Las actrices abandonaron entonces el escenario para cambiarse y desmaquillarse.

—¡Ha sido una noche genial! —exclamó Bobby muy contenta.

—Y la mejor parte aún no ha llegado —recordó Hilary—. ¡La fiesta de después de la obra! No sé por qué será, pero actuar siempre me abre el apetito.

Las demás estuvieron de acuerdo y se apresuraron a vestirse para la cena.

—Un momento, Alison —le dijo Rachel en voz baja cuando las demás salieron hacia el comedor, donde las esperaba la cena para las alumnas de tercero y sus padres—. Hablemos un momento antes de ir a la fiesta.

—Está bien —accedió Alison, mirando a su amiga con curiosidad—. Ha pasado algo, ¿verdad?

Rachel asintió.

—Hace días que quería contártelo, pero me daba miedo que te enfadaras. Es que no voy a volver al Santa Clara el próximo trimestre. Seguiré estudiando en mi antigua escuela de teatro.

—Pero, Rachel, creía que habías dejado atrás lo de querer ser actriz —dijo Alison abatida y bastante sorprendida.

—Y así es —confirmó Rachel—. Pero mamá se enteró de que el próximo trimestre la escuela empieza un curso nuevo especializado en escritura, dirección y técnicas de teatro. Oh, Alison, te voy a echar muchísimo de menos, pero lo he pensado muy bien y he decidido que es eso lo que quiero hacer.

Alison se quedó callada unos instantes, con la mirada perdida en el suelo. Estaba muy triste, porque había acabado cogiéndole mucho cariño a Rachel. Sin embargo, ya no era ni tan tonta ni tan egoísta como antes y sabía que su amiga tenía que aprovechar esa oportunidad.

Alison no estaba dispuesta a pasarse llorando el último día que tenían para estar juntas, así que levantó la barbilla, sonrió con valentía y dijo con sinceridad:

—Yo también te echaré de menos, Rachel, pero me alegro muchísimo por ti... Y nos podemos escribir y quizás incluso vernos de vez en cuando.

—¡Eso sería genial! —exclamó Rachel, encantada de que Alison se tomara tan bien la noticia—. De hecho, mamá me ha dicho que podía invitarte a pasar una semana con nosotros estas vacaciones. ¿Te gustaría?

—¡Oh, pues claro! —afirmó Alison entusiasmada—. ¡Sería fantástico! Vayamos a buscar a tus padres para que pueda darles personalmente las gracias por la invitación. Y seguro que están impacientes por felicitarte por tu obra.

«¡Mi obra! Qué bien suena», pensó Rachel. Y, de no haber sido por el Santa Clara, nunca habría descubierto que tenía ese talento.

CAPÍTULO 22

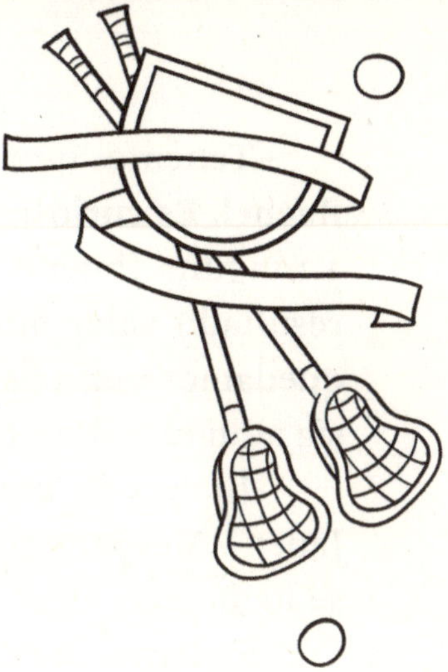

¡A casa por vacaciones!

—¡Arriba, dormilonas! —gritó Pam al despertarse a la mañana siguiente—. ¡Hoy empiezan las vacaciones!

Una a una, las muchachas se incorporaron en la cama y, cuando cayeron en la cuenta de que era el último día del trimestre, la emoción que las embargó no dejó cabida a su habitual pereza matutina.

—Y ¡menudo trimestre! —exclamó Hilary.

—Sí, la verdad es que ha tenido sus altibajos —observó Isabel—. Los altos, como la broma que le gastamos a Mademoiselle y la obra que representamos ayer noche, han sido magníficos.

—Pero los bajos, terribles —recordó Pat haciendo una mueca—. Primero todo ese horrible asunto con Fern y luego el distanciamiento entre Carlota y Janet. ¡Gracias a Dios que todo se ha arreglado!

—Tenemos que despedir a Libby —dijo Bobby—. Y a Rachel. Es curioso que al principio no nos cayera bien a ninguna (bueno, salvo a Alison), porque al final ha resultado valer mucho la pena. Ayer en la fiesta nos quedamos todas de piedra cuando anunció que no estaría aquí el próximo trimestre.

—Bueno, yo me alegro mucho por ella —reconoció Janet—. Y espero que le vaya muy bien. La verdad es que se lo merece.

Las demás le desearon lo mismo de corazón.

—Debo reconocer que Alison se ha tomado la noticia muy bien —dijo Isabel—. No ha sido un trimestre fácil para ella. Primero tuvo que enfrentarse al hecho de que Fern no era lo que parecía y ahora va a perder a Rachel.

—Pobre Alison —se lamentó Pat—. De todos modos, que Rachel la haya invitado a su casa en vacaciones ha ayudado a suavizar el golpe.

—A ver quién será el objeto de adoración de tu prima el próximo trimestre —dijo Hilary muy seca.

—¡No bromees con eso! —exclamó Pat con un escalofrío—. ¡Oh, fijaos qué hora es! Será mejor que nos espabilemos. Ayer, después de la obra, papá y mamá dijeron que pasarían la noche en un hotel del pueblo y prometieron venir a recogernos muy pronto.

—Los míos también —dijo Bobby metiendo cosas en la maleta como una loca.

—Pues no creo que estén muy contentos si te llevas

a ese contigo —se rio Isabel cogiendo uno de los gatos de la escuela, que se había colado en el dormitorio y se había escondido en la maleta de Bobby a echar una siesta.

El animal, nada satisfecho de que lo hubieran despertado, le lanzó un maullido gruñón y huyó corriendo en busca de un lugar más tranquilo.

Carlota, en el dormitorio de al lado, oyó que alguien la llamaba desde fuera justo cuando había acabado de hacer el equipaje. Se acercó a la ventana abierta y asomó la cabeza. Allí, plantados en el jardín, estaban Libby y Will... ¡con Rocky!

—¡Baja un momento, Carlota! —gritó Libby—. Hemos venido a despedirnos.

La niña bajó la escalera a la carrera y salió corriendo por la puerta principal para lanzarse al cuello de Rocky.

—Rocky quiere disculparse por haberte hecho daño —dijo Libby—. Yo no estaba muy convencida de que quisieras verlo, pero Will no tenía ninguna duda.

—¡Por supuesto que quiero verlo! —exclamó Carlota—. No fue culpa suya lo que ocurrió. Eh, Libby, debes de estar entusiasmada con eso de marcharte a Estados Unidos después de vacaciones.

—¡Imagínate! Voy a vivir en un rancho enorme y ayudaré a cuidar los caballos —respondió la niña.

—¡Genial! —suspiró Carlota—. Las cosas en el Santa Clara serán muy diferentes sin ti.

—También voy a echar de menos todo esto —reconoció Libby muy seria—. Nunca imaginé que me adaptaría tan bien... ni que haría tan buenas amigas.

—¡Eh! ¿No vais a echaros a llorar, verdad? —intervino Will un poco asustado—. Porque si es así, mejor me largo.

—¡Por supuesto que no! —le espetó Libby indignada—. Oh, casi me olvido. Tengo que entregarte una cosa, Carlota. Es de Fern. Sus padres vendrán a recogerla más tarde y mi madre piensa hablar muy seriamente con ellos.

Carlota cogió la hoja de papel que Libby le tendía y la desplegó. Esto era lo que decía:

Querida Carlota,

Me alegro mucho de que te hayas recuperado de ese terrible accidente y siento haberme comportado tan mal contigo. Si no te hubieras puesto bien, no me lo habría perdonado nunca. Solo espero que algún día puedas perdonarme. Libby me contó que la obra fue un éxito rotundo y también me alegro de que haya sido así. Por favor, felicita a Rachel de mi parte y dile que siento mucho haberme comportado tan mal también con ella. Me he dado cuenta de que me dominó la envidia y, de ahora en adelante, haré todo lo posible por controlarla: he aprendido la lección.

Con cariño,

Fern

—Bueno, quizás aún haya esperanza para ella —comentó Carlota muy seria.

—La verdad es que últimamente se ha comportado con más sensatez —apuntó Libby—. Esperemos que pueda seguir así.

—Será mejor que nos marchemos ya —dijo Will—. Le hemos prometido a mamá que no tardaríamos. Carlota, el trimestre que viene vas a seguir viniendo a montar de vez en cuando, ¿verdad?

—¡A ver si puedes impedírmelo! —respondió la niña con una sonrisa—. Y, Libby, espero recibir montones de postales de Estados Unidos. ¡Pásatelo muy bien! ¡Adiós! ¡Adiós, Will! ¡Adiós, Rocky!

El típico ajetreo de final de trimestre ya dominaba el enorme vestíbulo de entrada cuando Carlota regresó. Por todas partes había grupitos de niñas riéndose y charlando por los codos, y las profesoras hacían lo posible para mantener cierto orden.

—Jane, ¿es preciso chillar tanto? —le espetó, exasperada, la señorita Jenks, la profesora de segundo—. Y, Harriet, si vuelvo a tropezar con tu bolsa de viaje otra vez, voy a... ¡Oh, no sé lo que voy a hacer!

—¡Ah, mis niñas! ¡Están tan emocionadas! —suspiró Mademoiselle—. Pronto volverán con sus padres.

—Y tendremos un poco de paz, que bien nos la merecemos —añadió la señorita Jenks muy seca.

Rachel bajaba la escalera junto con varias alumnas de tercero en ese momento y gritó:

—Mademoiselle, deje que le dé mi dirección. Me escribirá, ¿verdad?

—*Certainement!* Mañana me voy a Francia a visitar a mi familia y pienso mandar un montón de postales y cartas. A ti, Rachel, y a Doris, y a Hilary... Ah, sí, incluso a ti, Janet, aunque ¡tú no te mereces ni una! ¡Con la de bromas y jugarretas que me has gastado!

—Bueno, Janet no va a gastar ni una sola el próximo trimestre, Mademoiselle —se rio Pat—. No podrá ir por ahí haciendo el tonto en cuanto sea delegada.

—Cierto —coincidió Mademoiselle, asintiendo con la cabeza—. Tendrá que andarse con patas de hierro.

—Quiere usted decir con pies de plomo —la corrigió Bobby sonriéndole con descaro—. Vaya, ya veo que me espera mucho trabajo el trimestre que viene.

—¿Y eso? —preguntó la profesora de francés desconcertada.

—Tendré que preparar el doble de bromas si Janet no está por la labor —respondió Bobby con picardía—. Me pasaré las vacaciones pensando para volver con un montón de ideas brillantes.

—*Non!* —gritó Mademoiselle—. El próximo trimestre no va a haber ni una broma, Bobby, o ¡voy a ponerte el doble de deberes de francés cada tarde!

Mademoiselle les guiñó un ojo y las alumnas de tercero se rieron con ganas. Y entonces oyeron que un coche se detenía delante de la escuela y que alguien abría la puerta principal.

—¡Ya llegan los padres! —gritó Doris—. Eh, gemelas, son los vuestros.

Pat e Isabel se apresuraron a recoger sus maletas y se despidieron de todas.

—¡*Au revoir*, Mademoiselle!

—¡Adiós, Rachel! ¡Acuérdate de nosotras cuando seas famosa!

—¡Adiós a todas! ¡Nos vemos el próximo trimestre! ¡Adiós!

Y entonces las gemelas salieron al jardín soleado y Pat exclamó pletórica:

—¡Vacaciones! ¡Por fin!

—Sí —coincidió Isabel—, pero ¿sabes lo que será aún mejor? ¡Volver al Santa Clara el próximo trimestre!

ÍNDICE

Enid Blyton®

Serie Santa Clara

Los divertidos enredos en la escuela para jovencitas de Santa Clara en una atractiva edición ilustrada.

Las mellizas cambian de colegio
Las mellizas O'Sullivan
Las mellizas en Santa Clara
Segundo curso en Santa Clara
Tercer curso en Santa Clara
Kitty en Santa Clara
Claudina en Santa Clara
Quinto curso en Santa Clara
Sexto curso en Santa Clara
Más aventuras en Santa Clara
¡Hasta siempre, Santa Clara!

Enid Blyton®

Serie Torres de Malory

Las aventuras de siempre en el internado para niñas de Torres de Malory en una atractiva edición ilustrada.

Primer curso en Torres de Malory
Segundo curso en Torres de Malory
Tercer curso en Torres de Malory
Cuarto curso en Torres de Malory
Quinto curso en Torres de Malory
Último curso en Torres de Malory
Nuevo curso en Torres de Malory
Curso de verano en Torres de Malory
Curso de invierno en Torres de Malory
Un curso divertido en Torres de Malory
Un curso lleno de secretos
Fin de curso
Nuevas compañeras

Enid Blyton®

Serie Aventuras

Las divertidas aventuras de Enid Blyton con Jorge, Dolly, Lucy, Jack y el parlanchín loro Kiki en una atractiva edición ilustrada.

Aventura en la isla
Aventura en el castillo
Aventura en el valle
Aventura en el mar
Aventura en la montaña
Aventura en el barco
Aventura en el circo
Aventura en el río